GABRIELE RIEDLE
ÜBERFLÜSSIGE
MENSCHEN

DIE ANDERE BIBLIOTHEK
Begründet von Hans Magnus Enzensberger

GABRIELE RIEDLE
ÜBERFLÜSSIGE MENSCHEN

Dr. med. Ulrich Herrmann
Internist
4250 Bottrop, Hochstr. 48
☎ 02041/2 89 71

*........... so entsteht in der Welt etwas,
das allen in die Kindheit scheint und
worin noch niemand war: Heimat.*

Ernst Bloch, Tübingen

ERSTES BUCH

DER ANFANG VOM LIED

1

Über Eisenbahnnetze und Haltstationen

Auf de schwäbsche Eisabahna, dachte ich, gibt's gar viele Haltstaziona, Schtuagert zum Beispiel, Ulm on Biberach, Meckabeura und dann natürlich Durlesbach, rulla, rulla, rulllalah, rulla, rulla, rulllalah, Schtuagert, Ulm on Biberach, Meckabeura, Durlesbach, und auf einmal war dieses Liedchen wieder da, es war mir in den Kopf gekrochen an diesem späten Samstagabend Ende Juni, nachdem ich eine halbe Ewigkeit lang keinen einzigen Gedanken mehr an irgendwelche schwäbischen Volksweisen verschwendet hatte, und auch Stuttgart, Ulm und Biberach hatte ich praktisch vergessen.

Dann jedoch war vor nicht allzu langer Zeit, irgendwann Anfang Mai, dieser Anruf gekommen, aus Ulm, vom dortigen Theater, das ich ebenfalls vergessen hatte, und zwar bestimmt zu Recht, auch wenn ich natürlich froh war, daß mir mein alter Freund Michael Weber, den ich noch aus der Schulzeit kannte und der dort in Ulm neuestens Intendant war, bei dieser Gelegenheit den Auftrag gegeben hatte, Tschechows *Drei Schwestern* neu zu übersetzen, worüber ich nun unaufhörlich nachdachte, denn ich mußte erst einmal das Ganze erfassen, bevor ich mich an die einzelnen Sätze machen konnte. Damit allerdings war ich schon ein wenig in Verzug.

Und dennoch bemühte ich mich aufrichtig weiterzukommen respektive endlich richtig anzufangen, wobei ich allerdings immer wieder dachte, daß es ja nicht ausgerechnet *dieses* Theater hätte sein müssen, für das ich meine Arbeitskraft jetzt einsetzte, und auch nicht ausgerechnet *dieser*, wie ich vermutete, höchstwahrscheinlich nicht besonders aufregende Regisseur, dessen Stimme ich nun gelegentlich wieder hörte, in nächtlichen Telefonanrufen aus der schwäbischen Provinz.

Im übrigen hatte ich durchaus nichts gegen die schwäbische Provinz, genausowenig wie gegen den Weber, Michael, dessen Stimme nach so langer Zeit plötzlich wieder zu hören, ich allerdings zuerst kaum glauben konnte. Denn über dreißig Jahre war er vollkommen verschwunden gewesen, wie vom Erdboden verschluckt. Angeblich, das hatte ich einmal gehört, hatte er irgendein Glück in New York gemacht, aber vielleicht war er auch ganz woanders gewesen, auch diesbezüglich gab es immer wieder verschiedene Gerüchte, aber Genaueres war nicht bekannt, und bisher hat er selbst nichts weiter erzählt, und daß er jedenfalls nun ausgerechnet in Ulm wieder auftauchen würde, das war durchaus nicht zu erwarten gewesen. Einmal abgesehen davon, daß ich seit Jahrzehnten an keiner einzigen Haltstation der Schwäbischen Eisenbahnen ausgestiegen war, hatte ich jedoch auch gegen Ulm nichts einzuwenden, genausowenig wie gegen Stuttgart, Biberach, Meckenbeuren oder gar gegen Durlesbach bei Bad Waldsee hundertzwanzig Kilometer südlich der Landeshauptstadt am Rande des Allgäus, wobei der Durlesbacher Bahnhof übrigens ohnehin längst stillgelegt ist, und gegen keinen dieser Orte gab es das geringste zu sagen. Außer natürlich, daß dort unsere Väter gelebt haben und auch unsere Mütter, und die sind nun tot seit Jahren, und wir, die Töchter und von mir aus auch die Söhne beziehungsweise einfach alle, die ich kannte, ausgenommen natürlich der Weber, Michael, sowie soundsoviele, die ich *nicht* kannte, und wir, wir hatten dort nichts mehr zu suchen. Vielmehr lebten wir nun unsererseits in den, je nach Perspektive, interessantesten respektive langweiligsten aller denkbaren Städte dieser Welt, Hauptsache, nicht da, wo wir aufgewachsen sind und wo einmal unsere Heimat war, und wir hatten es uns auch angewöhnt, im Zweifelsfall überall auszusteigen, nur nicht in der schwäbischen Provinz.

Wir hatten es indessen auch gar nicht nötig gehabt, dort auszusteigen, längst kannten wir andere, bessere Haltstationen, die Penn Station in New York zum Beispiel oder den Kursker Bahnhof in Moskau, und wir waren sogar vertraut mit der Endhaltestelle Petuschki in der russischen Provinz hundertzwanzig Kilometer weiter Richtung Nord-Osten, wo anzukommen und auszusteigen allerdings schwierig bis unmöglich ist, das wußten wir aus der russischen Literatur. So wie wir aus der deutschen auch die Sehnsucht kannten und wußten, was wir litten, allein und abgetrennt, mit Blick zum Firmament, obwohl wir nicht nur von anderen, besseren Haltstationen Kenntnis hatten, sondern auch von anderen, besseren Liedern, nachdem unsere Väter nun tot waren und auch unsere Mütter. Denn wer will schon die Lieder der Vorfahren singen? Niemand. Und es will auch niemand in die Provinz reisen, jedenfalls nicht in die schwäbische, wenngleich Ulm oder Stuttgart durchaus recht große und äußerst stolze Städte sind und selbst Biberach dank Biotechnologie beträchtlich prosperiert seit einigen Jahren.

Wir jedenfalls, wir sind dieser Provinz, die unsere Heimat war, bereits vor langer Zeit entkommen, denn Glück, Zukunft und das Zentrum der Welt liegen in der Metropole, das hat man uns so beigebracht, das haben wir so gelernt, sie liegen dort, wo die Bahnstrecken in die Ferne *beginnen*, und nicht dort, wo die Nebenstrecken *enden*. Seit Generationen, dachte ich, gibt es geradezu eine Pflicht, in die Metropolen zu streben, und auch *meine* derzeitige Haltstation, dachte ich, ist ausgesprochen metropolitan, weshalb die halbe Stadt voll ist mit Schwäbinnen respektive Schwaben. Die Fleißigsten von ihnen haben längst erfolgreich die Preise für Eigentumswohnungen verdorben, während die Jüngsten insgesamt weithin bekannt sind unter dem Begriff Schwäbische Landjugend, auch wenn sie für gewöhnlich keineswegs vom Lande, sondern aus dem standfesten Stuttgart oder aus dem feinsinnigen Ulm kommen. Und diese Jungen leisten einmal jährlich Widerstand, und zwar stets pünktlich, exakt zum 1. Mai, sie leisten Widerstand, ebenfalls mit großem Fleiß, aber mit nicht ganz so großem Erfolg, gegen dieses, gegen jenes, vor allem aber gegen den zärtlichen Klang des schwäbischen Wortes Kabidalismus.

Ansonsten sind wir nun eben einfach hier, dachte ich, die meisten von uns sogar schon eine ganze Weile, um nicht zu sagen: viel zu lange. Wir sitzen bereit am Anfang der Fernstrecken, die bis nach Moskau führen und dann sogar weiter in ganz neue, bessere Provinzen, nach Petuschki oder in alle möglichen anderen Hinterländer jenseits von Meckenbeuren und erst recht von Durlesbach. Und eines Tages werden wir gewiß wieder losfahren, so wie wir vor langem schon einmal losgefahren waren, hierher in die Metropole oder womöglich sogar zur Penn Station in New York, wo wir zwar *ausgestiegen* und dennoch, das betonten wir immer wieder, keineswegs *angekommen* sind. Aber vielleicht, so dachte ich nun, an diesem späten Samstagabend Ende Juni, vielleicht bilden wir uns das ja alles nur ein.

Womöglich, dachte ich, sitzen wir einfach fest, und dies ist nicht der Anfang der Fernstrecken, sondern nur das äußerste Ende der Schwäbischen Eisenbahnlinien, die uns hierher gebracht haben und deren Netz viel größer und unentrinnbarer ist, als wir ahnen, auch wenn wir davon natürlich nichts wissen wollen, und wahrscheinlich, dachte ich, gibt's auf de Schwäbsche Eisabahna also noch viel mehr Haltstaziona, als uns lieb ist, und *diese hier* ist nur eine davon, und wahrscheinlich sollten wir wirklich endlich wieder weg von hier, ja, dachte ich, was zumindest mich betrifft, so sollte ich sogar dringend bald wieder los, aber natürlich erst, wenn ich mit meiner Übersetzung fertig bin. Nach Moskau! Vielleicht, warum nicht?, irgendwohin, nirgendwohin oder meinetwegen doch noch einmal nach Stuttgart, Ulm und Biberach, dahin, wo einmal meine Heimat war. Oder ich sollte wenigstens nach Tübingen, wo, das wiederum wußten wir nicht aus der deutschen oder aus der russischen Literatur, sondern aus der zu unserer Jugend dort in Tübingen ortsansässigen Philosophie, einmal das Prinzip Hoffnung herrschte, und wo die Heimat für immer und ewig ein Ort gewesen sein wird, an dem *noch nie* jemand war.

Das dachte ich am Samstag, dem 23. Juni, kurz vor Mitternacht, als mir die ersten Zeilen des Liedchens von den Schwäbischen Eisenbahnen in den Sinn kamen und unsere Väter tot waren seit Jahren und auch unsere Mütter, so daß wir niemanden mehr kannten, der sich ihrer zu erinnern vermochte, außer vielleicht der Webermichel, weil er zumindest meiner Mutter einmal die Hand geschüttelt hatte und vielleicht sogar auch meinem Vater, aber das wußte ich nicht einmal selbst mehr genau, und auch der Webermichel hatte das alles sicher längst vergessen.

Wenn mir dieses Liedchen nur endlich wieder aus dem Kopf ginge!
So kann ich doch nicht einschlafen!
Und womöglich wird mich auch der Webermichel gleich noch einmal anrufen und fragen, wie es geht und wie ich weiterkomme. Und was mache ich dann?

. . . .

2

Über Vornamen und das Möbelhaus Bock

Und die Väter?
Und die Mütter?

Unsere Väter, dachte ich, als ich gerade aufgewacht und Strahlen und Hitze und Sonntag und Morgen war, unsere Väter sind tot seit Jahren und auch unsere Mütter, egal ob sich der Webermichel ihrer nun erinnert oder nicht.

Unsere Väter sind tot seit Jahren und auch unsere Mütter, wir haben sie, sagte ich mir nun, weil ich diese Formulierung irgendwo gelesen und sie mich merkwürdig berührt hatte, verraten, verlassen, vergiftet, erschossen, noch ehe sie uns verraten, verlassen, vergiften, erschießen konnten. Jahre ist das her, dachte ich, und kaum, daß wir uns noch erinnern können, tausend Tode sind unsere Väter und Mütter unseretwegen gestorben und dann schließlich auch den einen.

So kam der Tag, dachte ich, lange bevor ich hätte aufstehen und mich an diesem Sonntag endlich an die Arbeit machen müssen, aber als meine Augen schon tränten wegen der unerträglichen Helligkeit, so kam der Tag, an dem sie mit wächsernen Gesichtern, wütend auf ewig und enttäuscht nunmehr tatsächlich für alle Zeiten, auf ihren Bahren lagen. Irgendeiner hat sie ausgezogen und irgendein anderer routiniert gewaschen, während wir kaum unsere Brillen zurechtgerückt und dann trotzdem nicht hingesehen haben, weil wir schon damals weit weg unter garstigen Sonnen und bösen Sternen saßen.

Schlechte Kinder, herzlose Töchter, dachte ich, der man mir aus einer Mischung aus beginnender Einfallslosigkeit und verlöschender Tradition halbherzig, ohne lange zu überlegen und fast ein wenig schuldbewußt noch einmal, ein letztes Mal, den Namen der Mutter, der Großmutter und der Urgroßmutter gegeben hatte.

Die anderen Mädchen hießen jetzt meistens Sabine oder Gabi und die Jungen Michael, so wie der Weber, oder im Zweifelsfall hießen sie Peter, so wie eine ganze Reihe anderer, die ich kannte, um nicht zu sagen: die Hälfte der Knaben in unserer Klasse, sie hießen Michael oder Peter, Sabine oder Gabi, ebenfalls einfach so, aber gemäß des herrschenden Geschmacks, und so waren nun ganze Jahrgänge miteinander vereint in grundlosem geschmacklichen Gleichklang. Mich jedoch nannten sie Natalie, und Natalie hieß sonst niemand, und *mein* Gleichklang lag in einer historischen Verlegenheit.

Denn auch wenn es auf die Verbindung zur Urgroßmutter, zur Großmutter und zur Mutter nicht mehr ankam, nannten sie mich so wie diese, Natalie, die an Christi Geburtstag Geborene, obwohl ich am Tag der Himmelfahrt Mariä in der größten Hitze des Sommers und nicht an Weihnachten in winterlicher Kälte zur Welt gekommen war, Monate zu früh oder Monate zu spät, Natalie, die zur falschen Zeit Geborene. Und vielleicht waren es nicht nur Monate, sondern sogar Jahre, Jahrzehnte, Jahrhunderte, um die ich falsch lag mit meinem altertümlichen Namen und meiner nur schwer begründbaren Existenz, aber eigentlich, dachte ich, als nun ebenfalls alles wieder unter Hitze litt, eigentlich war das jetzt auch schon egal.

Die Abfolge der Zeiten war ohnehin nicht mehr von Belang, auch wenn es damals natürlich eine Jahreszahl gegeben hatte, 1958, das Jahr meiner Geburt, falls jemand es genau wissen will, und damit es etwas gibt, woran man sich halten kann, in all der historischen und klimatischen Unübersichtlichkeit. Und demnächst werde ich auch wieder Geburtstag haben, am 15. August, dem Tag der Himmelfahrt Mariä, und wer weiß, wohin mich *dieser* Tag dann wird fahren lassen, irgendwohin, nirgendwohin, und dem Webermichel wäre wahrscheinlich am liebsten, ich führe wirklich zu ihm nach Ulm und erschiene vor der Premiere wenigstens ein einziges Mal auf der Probe im Theater.

1958 also, in einem Jahr, das ansonsten ohne jede weitere Bedeutung blieb, da haben sie mir meinen Namen gegeben, auch wenn niemand wußte, daß er einmal aus dem Lateinischen gekommen war, und es wußte auch niemand, daß er ausnahmslos alle Mädchen, von denen er ja behauptet, sie seien an Christi Geburtstag Geborene, automatisch zu so etwas wie Zwillingsschwestern des Herrn macht, in guten und an schlechten, an kalten und an heißen Tagen und quer durch Zeit und Raum, so daß meine Urgroßmutter, die Großmutter, die Mutter und schließlich auch ich selbst nicht nur Zwillingsschwestern des Herrn, sondern, zusammengenommen, am Ende letztlich sogar Vierlinge in Christo waren. Und auch wir wurden damit zu nichts weniger als zu Verkörperungen des Neuanfangs und der Hoffnung oder wenigstens zu leibhaftigen Vergegenwärtigungen eines einzigen Frohlockens, obwohl auch davon natürlich niemand je auch nur das Geringste geahnt hatte.

Denn selbst wenn über meine Vorfahren fast nichts bekannt und der Stammbaum kurz ist, so ist gewiß, daß sie sich ausgekannt hatten mit dem, was sie anfaßten, mit Holz, Metall, mit Wolle, Stoff, Kartoffeln, Dreck und auch mit den Ekzemen der Kinder, nicht aber mit Latein, der katholischen Theologie, den Labyrinthen verfeinerter Geistigkeit.

Vielmehr war der Name Natalie einfach da, und ohne weitere Gründe haftete er nun eben schon seit langem an sämtlichen erstgeborenen Töchtern und Frauen der näheren Verwandtschaft, das war alles, das genügte, niemand fragte, und selbst wie dieser Name, obwohl doch anscheinend nicht besonders volkstümlich, einst der Familie hatte zufallen können, war längst in Vergessenheit geraten.

Und so nannten sie mich Natalie nicht um der Verbindung zu Christi Willen und nicht wegen des Wohlklangs und natürlich auch ohne französischen Flötenton auf dem singenden, fliegenden Iehhh. Vielmehr machten sie meinen Namen wie seit Generationen schwäbisch und schwer, auch für mich banden sie wieder Wackersteine an die zweite Silbe, Natalie im tiefsten Tale, die Mutter hatte dort gesessen, die Großmutter, die Urgroßmutter, und nun sollte auch mich dieses dunkle, dickbusige Urgroßmutter-Ah womöglich noch einmal bewahren. Vor Unruhe und vor Leichtfertigkeit, vielleicht, vielleicht auch nicht.

Denn gleichzeitig ahnten sie, daß irgend etwas anders geworden war.

Mit den Namen und den Müttern und den Töchtern und mit allem anderen auch.

Du kannst ja, sagten sie bereits, als ich noch nicht einmal zur Schule ging, für die erste und auch für alle weiteren deiner Töchter einen neuen Namen aussuchen, einen schöneren, einen wohlklingenderen, einen moderneren, Sabine vielleicht oder Gabi. Und dann entschuldigten sie sich eines Tages sogar bei mir, Entschuldigung, sagten die Eltern an meinem achtzehnten Geburtstag, einem schon morgens zähflüssig gewordenen, überbelichteten Sonntag wie diesem, und die Mutter saß rechts auf dem Sofa und der Vater links, Entschuldigung, sagten sie, dieser Name, altbakken, unzeitgemäß, wir hatten doch alles anders machen wollen, zeitgemäß, modern, aber manchmal wußten wir es nicht besser.

Ich zuckte mit den Schultern. Der Name war nicht das Problem.

Wohl aber diese kaum erträgliche Sehnsucht nach Modernität. Das Gefühl einer unausweichlichen Notwendigkeit, teilhaben zu müssen an irgendeinem Fortschritt, der doch nicht der unserer Eltern war. Aber wessen eigentlich dann?

Das war die erste der Entschuldigungen. Von da an haben die Eltern sich noch öfters entschuldigt, ich wollte nicht wissen, warum und wie sie auf einmal darauf gekommen waren, sie haben sich entschuldigt, mal weinerlich und selbstmitleidig, mal grimmig und voller Trotz, für dieses, für jenes und auch für ihre gesamte windschiefe Angestelltenexistenz, bei der es hinten und vorne nicht reichte, wo doch Wohlstand, Sozialdemokratie, zehnprozentige Lohnabschlüsse sowie jede Menge nagelneuer Autobahnbrücken inzwischen selbstverständlich geworden waren und das ganze Land immer noch weiter und weiter unaufhaltsam vorwärtsstrebte, Mundwinkel nach oben, raumgreifender Gang, Optimismus überall, fast wie in Amerika.

Die Eltern aber saßen mit verschränkten Armen auf dem Sofa am Wohnzimmertisch, die Mutter wieder rechts, der Vater wieder links, einmal, ein einziges Mal haben sie dort sogar den Webermichel begrüßt, auch wenn es ihnen ganz und gar nicht recht war, wenn ich jemanden mitbrachte. Aber meistens rührten sie sich kaum vom Fleck, und manchmal rangen sie nach Luft, den Tränen nahe, während die gespreizten Finger einer Hand das Gesicht überspannten wie Spinnenbein, und wir, die Töchter und von mir aus auch die Söhne, standen, auf dem Sprung, gerade noch an der Tür des Wohnzimmers, in dem die Eltern eingeschlossen waren mit den sachlichen Inneneinrichtungen der Zukunft und den Polstern in den bunten Farben des Fortschritts.

In diesen Jahren, dachte ich, zeigte sich der Fortschritt in großen tomatenroten Mustern in unserer Wohnung, Polstermöbel, Gardinen, Tapeten, alles gekauft mit mühsam zusammengespartem Geld und alles übersät mit Kreisen, Würfeln und Ellipsen, überall saftiges Tomatenrot in den verschiedensten helleren und dunkleren Schattierungen. Allerdings erschienen diese Muster den Familienmitgliedern schon bald in ihren Träumen, Nachtschattengewese und -geforme, das uns weniger erfreute, als daß es uns bedrängte, ohne daß wir uns hätten wehren können. Und als wir erwachten, da bedrängten die Muster uns noch immer, so daß wir, noch bevor der Tag begann, ahnten, wieviel heute wieder von uns verlangt werden würde, im Namen der Zukunft und im Dienste des Fortschritts, und daß es kein Entrinnen gab vor all der tomatenroten Zuversicht, auch wenn wir wußten, daß uns der Fortschritt bald wieder in ganz anderen Farben und Formen erscheinen würde, in frühlingshaftem Grün wahrscheinlich oder womöglich in leuchtendem Blau und in lauter riesigen Seifenblasen.

Deshalb würden die Eltern die Möbel und die Gardinen bald wieder wechseln müssen. Wegen der Seifenblasen sowie wegen des Wirtschaftswachstums und weil auch sie ihren Beitrag zur Steigerung des Bruttosozialprodukts zu machen hatten. Obwohl sie dafür heimlich anderswo sparten, bei der Zeitung, die abbestellt wurde, oder bei der Qualität der Wurst, und damit, daß nur noch Anschnitt und Enden gekauft wurden, wobei tatsächlich gar nicht einzusehen war, warum diese weggeworfen werden sollten, und egal ob Wurst oder Sofas, die Eltern konnten sich lange nicht daran gewöhnen, Dinge auf den Müll zu befördern, die noch zu gebrauchen waren.

So war die Mutter jedesmal kurz davor zu weinen, wenn wieder etwas Neues angeschafft werden mußte. Denn wer konnte so etwas schon wollen. Verzweifelt stand sie in der großen Lager- und Ausstellungshalle des Einrichtungshauses Bock im Industriegebiet am nördlichen Rand der Stadt, in den Taschen ein Bündel von Bargeld, das sie immer wieder mit der Hand ertastete und das sie lieber behalten hätte, falls die Zeiten doch einmal wieder schlechter werden würden, während sie sich in der unübersichtlichen Landschaft aus Pappkartons und noch halb verpackten Sofas zu orientieren versuchte. Denn der Vater war schon vor mindestens fünfzehn Minuten irgendwo in dieser Halle verschwunden, so daß die Mutter nun begonnen hatte, ihn zu suchen zwischen den Pappkartons und den Sofas, und wenn der Vater wieder aufgetaucht sein würde, dann würden sie eines von diesen Sofas kaufen müssen, auch wenn die Mutter den Kauf, noch bevor sie das Bündel von Scheinen aus der Tasche zöge, bereuen würde. Aber dann würde sie das Sofa doch bezahlen, weil im Einrichtungshaus Bock Platz für ein neues Exemplar aus der laufenden Produktion geschaffen werden mußte, und damit die Eltern sich, wenn sie nach Hause kämen, wieder setzen konnten, die Mutter rechts, der Vater links, denn das, immerhin, war inzwischen so etwas wie Tradition. Eine der ganz wenigen, die sie selbst noch hatten begründen können. Mit ihren eigenen Körpern.

Mal abgesehen von der Tochter, der einzigen, die sie immerhin noch bekommen hatten, und der der Mutterkörper sogar eine Augenkrankheit mitgegeben hatte. Mal abgesehen also von mir.

Die ich nun da lag, an diesem grellen Sonntag in der Herrgottsfrühe, nachdem ich erwacht war lange vor der Zeit. Ich war erwacht zu frühester Stunde und hielt die Hände vor die Augen, während die Helligkeit mich schmerzte und ich nicht wußte, wie lange ich schon bewegungslos verharrte mit bleischweren Gliedern, denn es steht die Zeit still in den Betten und auf den Bahren, und wenigstens dort, in den Betten und auf den Bahren, gibt es keinen Fortschritt.

Einmal hat meine Mutter noch angerufen.

Mein liebes Kind. Kannst du mich nicht besuchen, hat sie gefragt.

Es war ein Ferngespräch. Teuer. Kurz. 1978 muß das gewesen sein. Ansonsten ebenfalls ein unbedeutendes Jahr. Und dann, dachte ich an diesem frühen Morgen, hat sie keine Antwort bekommen. Weil wir unter den garstigen Sonnen saßen und unter bösen Sternen.
Wir sind nicht mehr hingegangen zu unseren Vätern und zu unseren Müttern, auch wenn sie uns noch

einmal gerufen haben, und hingesehen haben wir auch nicht, selbst wenn wir noch hätten sehen können.

Meinerseits werde ich nun auch diese Augenkrankheit nicht mehr weitergeben, denn wir, wir sind keine Mütter geworden, und so gibt es auch keine bösen Töchter, niemand geboren, nicht an Weihnachten, nicht an Ostern, nicht im Sommer, nicht im Winter. Und so, dachte ich, sind wir nun allein in unseren Zwei- oder Dreizimmerwohnungen in den großartigsten Städten, wobei ich zwar nicht an New York, London oder womöglich gar an Moskau oder St. Petersburg dachte, sondern, natürlich, an Berlin mit sämtlichen Außenbezirken, wo ich seit langem lebte, aber selbstverständlich sind auch Hannover, Düsseldorf, Köln, Frankfurt und sogar Stuttgart!, Ulm! und das biotechnologische Biberach! großartige Städte, auch wenn ich dort noch nicht einmal alleine sein wollte, und im übrigen hätte ich natürlich wiederum gar nicht zu sagen gewußt, wer das eigentlich sein sollte: wir.

Und während nun selbst in unseren Schlafzimmern Verschwendung herrschte, Helligkeit und Wärme über alle Maßen, hörte ich durch die geöffneten Fenster ein Fauchen und Gurgeln, das immer lauter wurde. Es war das Geräusch von Tankwagen, die langsam näher kamen. Noch vor sechs Uhr in der Frühe, als es längst hell, aber noch kein Mensch unterwegs war, sind sie losgefahren, und jetzt fegten und bürsteten und spritzten und spülten sie, im Auftrag der Allgemeinheit und auf Rechnung eines privaten Unternehmens, den Tod aus den Straßen der Stadt. Und was dann noch übrig war an öffentlichem Ungemach, das konnten wir melden, das konnten wir besprechen, sogar in englischer Sprache, und zwar am Bürgertelefon, das anzurufen uns Aufkleber auf sämtlichen Fahrzeugen der Polizei freundlichst einluden.

3

Über Mäntel und über den Sozialstaat

Also noch einmal. Wir? Wer das sein soll? Keine Ahnung. Wir, dachte ich, wir ist ein anderer.

Wir ist ein anderer, und dennoch, dachte ich, sind wir viele, und wer nicht gemeint sein *will*, ist auch nicht gemeint, da lassen wir uns, dachte ich, durchaus nicht lumpen, und wer nicht will, der hat eben schon gehabt, schließlich sind wir ja nicht das Volk, und mit dem Volk haben wir auch nichts zu tun.

Ansonsten haben wir, dachte ich, uns als Kollektiv vor nicht allzu langer Zeit selbst abgeschafft, *wir* sagt kein Mensch mehr, geschweige denn, daß irgend jemand an so etwas wie ein Wir dächte. Und nachdem wir im Osten die Landwirtschaft und im Westen das Denken entkollektiviert sowie in allen Himmelsrichtungen das Leben stramm durchindividualisiert haben, verwenden wir dieses Wir eigentlich nur noch, sofern wir freischaffende Zeitgeistdiagnostikerinnen und -diagnostiker sind, aber wer will so etwas schon sein. Wir doch nicht.

Allerhöchstens gibt es, dachte ich, noch diese gravitätischen Fragen in nachdenklichen Nachtsendungen, wenn etwa ein vorbildlich individualistischer Moderator im dunkelgrauen Hemd wissen will, ob wir vielleicht doch alle nichts als eigennützige Tiere sind, die ihren Egoismus unter dem Mantel des Sozialstaates verbergen, der ja wiederum ein Auslaufmodell sei.

Dabei würde, wie die Berlinerin sagen würde, ich persönlich es mal so sagen: nämlich daß ich persönlich, also die mustergültig vereinzelte Zuschauerin daheim am Bildschirm, mich hin und wieder ganz gern in der tierischsten Art und Weise unter einem kollektiven Schafs- oder sonstigen Pelzmantel wälzen würde, wenn die Wölfe vom Sozialstaat, sobald sie nachts im Fernsehen Auslauf haben, nur nicht immer diese lächerlichen grauen Hemdenmodelle trügen.

Aber das war natürlich ein anderes Thema und hatte nichts mehr mit diesem wunderbaren *Wir* zu tun, das mich so großzügig mit Pathos versorgte, ja geradezu mit ein wenig kirchenchorartigem Dröhnen, während ich allein war, genau wie zum Beispiel meine Nachbarin, die Frau Christ, von der ich nur den Nachnamen kannte und die ein kleines Hündchen besaß. Sie war allein wie ich und wie soundso viele andere auch, allein und gefangen in luxuriösester Einzelhaft, festgesetzt in gemieteter respektive gekaufter und steuerlich geförderter Privatheit, mit Kuchen, Musik und Wohlstandsdecken aus Daunen – zur Strafe, womöglich. Aber wofür?

Dabei, dachte ich, wurden wir immerhin großzügig entschädigt, denn es blieben uns unsere Kaufkraft und unsere Katze oder eventuell, wie im Falle meiner Nachbarin, auch dieses Hündchen, dessen hastiges Trippeln ich gelegentlich auf der Treppe hörte, und draußen vor der Tür stieg fast stündlich die Lebenserwartung, und wir wußten wirklich nicht mehr, wie wir all diesen furchtbaren Erwartungen, die das Leben an uns richtete, noch gerecht werden sollten.

4

Über Vogelgezwitscher, Kuba und die Seychellen

Es muß nun aber, dachte ich, schleunigst wieder von der Hoffnung geredet werden, ein anderer Ton soll angestimmt, ein neues Lied gesungen werden, von mir aus auch von Seifenblasen und von frühlingshaftem Grün, und ganz bestimmt noch einmal vom Fortfahren, nach Moskau, warum nicht?, nach Moskau!, nur schnell, und natürlich vom Gezwitscher von Vögeln, das auch ich schon gehört habe, nicht nur einmal, sondern immer wieder, sogar das gesamte Frühjahr über, Vogelgezwitscher, wie wunderbar, und das mitten in Berlin und sicher auch in Moskau oder beispielsweise auch in Kuba oder gar auf den Seychellen.

Ein ohrenbetäubendes Tschilpen und Piepsen und Flöten war das, morgens um vier und abends um acht, immer pünktlich und immer zum gleichen hoffnungsfrohen Thema. Wo sind sie übrigens inzwischen geblieben, die sonst so disziplinierten Vögel, doch nicht etwa alle vom Himmel gefallen wegen der übergroßen Hitze, was ich nun wirklich *nicht* hoffen will. Aber egal, auch das kann vorkommen, und für alle Fälle möchte ich betonen, daß alles in jeder Hinsicht jeden Tag besser wird, denn wenn es nicht so wäre, wie sollten wir sonst leben.

Wenn man nur immer wüßte, dachte ich, was genau in diesem Moment schon wieder besser wird, für jeden Einzelnen von uns und für das Große Ganze, oder zumindest, was es war, das *gestern* besser geworden ist, vorgestern oder vor hundert Jahren, oder sagen wir doch einfach am 27. November 1973, warum nicht, nur, um einmal willkürlich ein Datum zu nennen. Und dann sehe ich nach bei Wikipedia im Internet und erfahre, daß an diesem Tag der US-Senat Gerald Ford als Vizepräsidenten bestätigt hat, na bitte, das war doch toll, leider ist Ford inzwischen ebenfalls tot und so gut wie vergessen, aber auch da kann man nichts machen. Ich hingegen war damals im November 1973 erst fünfzehn Jahre alt und jetzt bin ich schon über fünfzig und das ist noch viel toller als alles, was bisher gesagt wurde. Inwiefern? In jeder Hinsicht, und ich wette, auch heute ist wieder ein guter Tag, für wen?, für alle, die es angeht, und für alle, die es nötig haben, to whom it may concern, cost what it may.

So wird sogar durch die derzeit herrschende Hitze alles viel, viel besser. Etwa für eine ganze Reihe von denjenigen, deren Herz verletzt ist und müde, so müde, daß es nicht mehr schlagen mag. Denn bereits im Verlauf des Vormittags werden sie nach langer Wartezeit ein Spenderherz erhalten, weil dieser schwüle Mittwochmorgen wie geschaffen ist für Motorradunfälle, und das ist gut für jeden Einzelnen derer, die nun gerettet werden zur rechten Zeit.

Dabei wird dieser Mittwoch sicher nicht nur ein guter Tag für so viele Einzelne, sondern auch für das Große Ganze, mit Hitze oder ohne, zum Beispiel für die Demokratie in Deutschland, nur schade, daß wir von Ersterem nie und von Letzterem erst am Abend erfahren werden, aber so bleibt uns noch der ganze lange Tag zum Hoffen.

Und nachdem wir den ganzen Tag gehofft haben, wird in den Hauptnachrichten auf jeden Fall wieder jemand vor eine Kamera treten, für die letzten vierundzwanzig Stunden Kassensturz machen und dann das amtliche Endergebnis verkünden: Dies ist ein guter Tag für die Demokratie in Deutschland, so lautet die Zauberformel, die wir zwar schon unzählige Male gehört haben, und inzwischen hören wir sie sogar fast jeden Abend, dennoch betört sie uns noch immer stets aufs Neue.

Was, dachte ich, wird es also sein, was diesen Tag wieder zu einem guten macht? Ach, da dürfen wir uns getrost überraschen lassen. Es gibt der Möglichkeiten ja so viele. Wie wäre es zum Beispiel mit einer Lichterkette gegen das Böse. Oder zur Abwechselung einmal wieder mit einem Fackelzug. Oder eventuell sogar mit beidem gleichzeitig, zu unserer Verwirrung ebenso wie zu unserem Genuß.

Aber womöglich, dachte ich, wird der Tag nicht nur ein guter, sondern sogar ein ganz, ganz großartiger.

Denn eventuell kommt es ja ausgerechnet heute zu etwas vollkommen Unerwartetem, zu etwas durch und durch Rätselhaftem und Ungeheuerlichem, zum Beispiel zu einem Masseneintritt in die Sozialdemokratische Partei!

Die Sozialdemokratische Partei ist zwar ebenfalls so gut wie tot seit Jahren, und uns um sie zu kümmern, hatten wir ebenfalls nicht die allergeringste Lust, wofür ich mich hiermit wiederum in aller Form entschuldigen möchte. Ab heute jedoch wird auch das müde Herz der stärksten der Parteien wieder schlagen können, wobei wir allerdings nicht wissen möchten, welche Massenmotorradunfälle dem vorausgegangen sein werden, und wenn die Nachricht von den Masseneintritten uns doch nicht schon heute erreichen wird, dann ganz sicher morgen oder übermorgen, damit auch dieses Jahrhundert wieder ein sozialdemokratisches werden kann und wir niemals aufhören müssen zu hoffen.

Und wir dürfen auch gar nicht aufhören zu hoffen, denn irgend jemand hat uns das verboten, vor hundert Jahren oder schon vor zweitausend.

Was genau uns vor zweitausend Jahren gesagt beziehungsweise was für uns dann auch aufgeschrieben worden ist, fällt uns, selbst wenn man uns womöglich sogar den Namen Natalie gegeben hatte, allerdings auch nicht mehr so richtig ein.

Irgend etwas von der Auferstehung von den Toten kam darin vor, und davon, daß nicht für immer und ewig alles beim Alten bleiben muß, sondern jederzeit die unglaublichsten Dinge geschehen können, um nicht zu sagen: Wunder!, und wir uns um des Himmels Willen trotzdem nicht fürchten sollen, nun ja, wie gesagt: so ähnlich muß das damals gewesen sein.

Den Rest der Geschichte haben wir im Moment leider nicht so parat, es ist auch wirklich sehr viel Zeit vergangen, seit sie in die Welt kam, hier vor mir auf dem Schreibtisch liegt jedoch dieser Text, er ist nicht zweitausend, sondern erst hundert Jahre alt, also fast gleich alt wie die deutsche Sozialdemokratie, denn auf ein paar Jahrzehnte kommt es da nicht an, und dieser Text geht um ein paar russische Provinzlerinnen und Provinzler, überflüssig gewordene Menschen, die keine Ahnung haben, warum sie überhaupt noch auf der Welt sind und schon halb tot sind vor lauter Lethargie.
Einer von ihnen, ein gewisser Baron Tusenbach, Nikolaj Lwowitsch, behauptet zwar, daß man dereinst auch *ihre* Zeit womöglich eine Große nennen und dieser mit Achtung gedenken wird, ansonsten wollen diese Leute dringend weg, und unaufhörlich träumen sie von Moskau, wo einmal ihre Heimat war. Warum wohl?, wahrscheinlich weil sie hoffen, dort endlich aufzuerstehen von den Toten! Und was wollen sie dann machen?, dann wollen sie arbeiten, und nicht nur sie selbst, sondern die gesamte Menschheit wird irgendwann arbeiten, der Mensch solle arbeiten, sagen sie, sich abmühen im Schweiße seines Angesichts, wer er auch sei, und darin allein bestehe Sinn und Ziel seines Lebens, sein Glück, seine Wonne, so stellen sie sich das zumindest vor. Dort in ihrer russischen Provinz.

Die Arbeit, der Sinn, das Glück, die Wonne, schön gesagt ist das, die Sozialdemokratische Partei könnte es nicht schöner sagen, auch wenn deren Mitglieder natürlich zunächst einmal deutsche Proletarier sind und keine russischen Bildungsbürger, aber die Hoffnung und die Sehnsucht ist doch immer die gleiche. Wann wir schreiten Seit an Seit und die alten Lieder singen und die Wälder widerklingen, dann und nur dann fühlen wir, es muß gelingen: Mit uns zieht die neue Zeit, mit uns zieht die neue Zeit.

Apropos neue Zeit: Wo ist übrigens *die* nun wieder geblieben, diese alte Zicke, ebenfalls vom Himmel gefallen wegen der übergroßen Hitze, was? Lange haben wir nichts mehr von ihr gehört, weder in den deutschen Metropolen noch in den russischen Provinzen, von *dieser* neuen Zeit oder von irgendeiner anderen. Dabei herrschte an neuen Zeiten fast das ganze 20. Jahrhundert über nirgendwo Mangel, wobei wir übrigens jeder einzelnen mit Achtung gedenken, eine neue Zeit jagte die andere, ständig traten sie sich gegenseitig auf die Füße, und jetzt soll auf einmal keine einzige davon mehr übrig sein?, noch nicht einmal ganz hinten in der russischen Provinz?

Übrigens ist das wirklich ein sehr schönes Stück, *Drei Schwestern*, von Anton Pawlowitsch Tschechow, das ich genau wie den Weber, Michael, schon seit meiner Schulzeit kenne und das neu zu übersetzen ich nun begrüßenswerterweise den Auftrag habe. Leider eben nur vom Theater Ulm, denn weiter hat es der Webermichel nicht gebracht, auch wenn er sich zwischendurch angeblich längere Zeit in New York herumgetrieben hatte und am Ende kurz davor gewesen sein soll, ganz groß rauszukommen, wobei er auch jetzt, so behauptete er selbst, noch ein pied à terre in Brooklyn habe neben seiner selbstverständlich nur provisorischen kleinen Wohnung in Ulm, und eine bessere Daseinsform könne es nicht geben, das hatte er gleich ausdrücklich betont. Vielleicht jedoch war die ganz Geschichte auch völlig anders, und ich wußte wirklich nicht, wo der Webermichel die ganze Zeit gewesen war. Aber immerhin ist er jetzt Intendant, und das Theater Ulm ist, laut Eigenwerbung, die er sich höchst persönlich ausgedacht hat, die beste Droge der Stadt, und meinerseits kann ich mich glücklich schätzen, daß er sich überhaupt bei mir gemeldet hat.

Nataaalie, hat er gesagt, als er mich anrief, und wie immer, wenn er mich ansprach seit unserer gemeinsamen Schulzeit, zog er das zweite A theatralisch in die Länge, hier ist, nölte er, dein alter Weeeber, und dabei übertrieb er das erste E, aber dann legte er, als sei nichts geschehen in den letzten dreißig Jahren, sofort los. Wie sehr er erstens hoffe, daß ich mich hin und wieder seiner erinnerte, weil er zweitens seinerseits noch immer sehr oft an mich denke beziehungsweise an unsere gemeinsamen Nachmittagsstunden in der Russisch-Arbeitsgruppe in der Schule, ich sei ihm sogar stets sofort präsent sobald im Fernsehen von Rußland die Rede sei, wobei es dann ja leider immer nur um Schießereien, Bombenanschläge, die Mafia, steinreiche Oligarchen und selbstherrliche Autokraten gehe, was ich jedoch bitte nicht persönlich nehmen sollte.

Warum er mich jetzt aber endlich einmal anrufe, sei, daß sie in Ulm im Moment einen ganz großen Erfolg planten, Spielzeiteröffnung, ich wüßte doch, und Tschechow, will sagen: unbewaffnete beziehungsweise, wenn möglich, sogar weinende Russen sowie weiße Leinenkleider und durchscheinende Gazevorhänge vor angedeuteten Birken seien da immer gut. Aber es müßte eben auch eine neue und vor allem frische Übersetzung sein, und statt der klassischen Leinenkleider denke er vielleicht gar an schicke Trainingsanzüge von Gucci sowie an billige blonde Perücken vom Porno-Shop, schon wegen der geradezu moralischen Verpflichtung des Theaters zur Zeitgenossenschaft, und wir seien ja nicht mehr am Anfang der 1980er Jahre an der Schaubühne in Berlin bei Peter Stein.

Selbstverständlich stimmte ich dem Webermichel sofort zu, besonders auch in diesem letzten Punkt, allerdings lediglich stumm nickend, so daß er am Telefon davon nichts mitbekam, und im übrigen versprach ich ihm, was die Übersetzung betraf, jede Menge Frische.

Frische, sagte ich, du, ja, die kann ich dir jederzeit liefern.

Also los, hatte ich gedacht, nun recht schwungvoll ans Werk! Zu meiner Wonne! Zu meinem Glück!

Allerdings hatte sich der Schwung bisher nicht recht eingestellt. Denn leider genügt es nicht, lauter frische Wörter zu finden, und noch nicht einmal, sich sogar um jede einzelne Silbe zu sorgen, damit am Ende auch den Sprachfluß nichts stört, schließlich wußte ich, daß Übersetzen, wie man so sagt, keine Raupe ist, die sich von links nach rechts bewegt. Vielmehr geht es um alles oder nichts, und wer nicht das Ganze versteht, der versteht gar nichts, und das alles war nicht so leicht, zumal man sich mit diesen Russen niemals ungestraft beschäftigt, auch das wissen wir mittlerweile alle nur zu gut, und deshalb brauchte es noch ein bißchen Zeit und ein wenig Zögern, und leider geriet ich dadurch immer stärker in Verzug.

Jetzt aber, dachte ich, jetzt hat das Zögern ein Ende, und ab heute oder spätestens ab morgen wird auch in dieser Hinsicht alles besser, und eigentlich, dachte ich, habe ich doch den Überblick, über dieses und jenes und auch über die *Drei Schwestern*, und deshalb erscheinen vor mir, dachte ich, nun ganz gewiß die sinnfälligsten Sätze. Und der Webermichel wird begeistert sein und diese Sätze bewundern wegen ihrer Frische. Und dann ist sogar zu hoffen, daß die Leute massenhaft ins Theater Ulm rennen, auch wenn das nicht sehr wahrscheinlich ist, aber mit jeder verkauften Eintrittskarte wird wenigstens für mich sofort noch einmal so einiges besser, in diesem Fall, was meinen Kontostand betrifft.

Ansonsten ist die Auftragslage nicht so toll, ich kann froh sein, daß ich hin und wieder überhaupt etwas zu tun habe, und für eine Agentur Geschäftsbriefe, Zollerklärungen und Produktpräsentationen übersetzen kann. Wer hat schon noch eine ordentliche Arbeit heutzutage, ich jedenfalls kenne fast niemanden, der eine richtige Anstellung oder wenigstens ein vernünftiges Einkommen hätte, und auch wenn dieses Tschechowsche Stück wirklich ganz großartig ist, an die Arbeit, das muß ich leider sagen, ohne meinen drei Schwestern oder gar mir selbst zu nahe treten zu wollen, an die Arbeit glauben inzwischen nur noch die Dümmsten. Noch viel weniger glauben übrigens an die Sozialdemokratische Partei. Oder an sonst irgendein Glück für das Große Ganze, mit Bürgertelefon der Berliner Polizei oder ohne.

Dann schon eher an die Auferstehung von den Toten, daran glauben inzwischen wieder viele.

Oder an die Wiedergeburt.

Oder an den Astralleib.

Oder an die Seelenwanderung.

Oder an den ganz großen Erfolg in Ulm.

Und natürlich ans Fortfahren. Nach Moskau. Oder nach Kuba. Oder vielleicht auch auf die Seychellen, wo die unglaublichsten Dinge geschehen werden, um nicht zu sagen: Wunder!, denn nach hundert Jahren oder nach zweitausend ist das Hoffen für uns nun einmal eine dieser Angewohnheiten geworden, die wir nicht mehr loswerden.

Und wenn mein kollektivistischer Kirchenchor und ich nicht so verschlafen wären, würden auch wir am liebsten schon morgens um vier anfangen zu tschilpen und zu piepsen und zu flöten, als herrschte ewiger Frühling, nicht nur in Kuba und auf den Seychellen, sondern auch in unseren nimmermüden Herzen. Ich selbst habe das Tschilpen und Piepsen und Flöten an diesem Morgen doch auch schon wieder gehört, allerdings dieses Mal von weit her, und obwohl die Vögel vom Himmel gefallen sein mögen und unsere Väter tot sind seit Jahren und auch unsere Mütter.

Aber auch für sie wurde doch jeden Tag in jeder Hinsicht alles besser! Im Möbelhaus Bock und vor ihren tomatenroten Tapeten, ob sie es glaubten oder nicht, und obwohl sie vor lauter Bangen hin und wieder beinahe vergessen hatten zu hoffen.

Dabei zogen ihr ganzes Leben lang mit ihnen immer neue Zeiten, und vielleicht sind unsere Väter und Mütter inzwischen sogar wiederauferstanden von den Toten und haben sich niedergelassen in der russischen Provinz, wohin ja auch ich vielleicht bald einmal fahren sollte, warum nicht?, respektive: ich sollte, das hatte ich vergessen, sogar unbedingt dorthin fahren, und demnächst geht es los! Oder die Väter und die Mütter sind womöglich gleich nach Moskau, wo zwar niemals ihre Heimat war, wo aber, falls sie dort nicht unmittelbar nach ihrer Auferstehung gleich wieder erschossen werden, auch für sie wahrscheinlich alles besser wird, wer soll das schon wissen. Jedenfalls ist also auch ihre Geschichte eine der Hoffnung, genau wie auch die unsere, und mehr will ich doch jetzt gar nicht sagen.

Und wann hat das angefangen? Vor hundert Jahren oder schon vor zweitausend?

5

Über Birken und über die Sehnsucht

Meine hochgeschätzten drei tschechowschen Schwestern, dachte ich, nachdem ich auch diesen Vormittag mehr oder weniger regungslos über dem russischen Text verbracht hatte, meine hochgeschätzten Schwestern, dachte ich also, ich weiß, Sie können mich nicht hören, aber vielleicht hören Sie mich doch, letztlich bin ich mir sogar fast sicher, daß Sie mich hören, schließlich höre ich auch Sie, obwohl Sie ohne Zweifel tot sind seit Jahren, aber das spielt schließlich keine Rolle, Zeit und Raum, und letztlich sogar Leben und Tod sind bekanntlich relativ, nicht nur wegen der Eisenbahnen, sondern vor allem auch wegen der Bibliotheken.

Einhundert oder zweitausend, Jahre oder Kilometer, solche zeitlichen und räumlichen Distanzen sind für Eisenbahnen und für Bibliotheken doch so gut wie nichts, und so bin ich, mir nichts, dir nichts, bei Ihnen gelandet, meine liebsten Freundinnen, an der Wende zum letzten Jahrhundert, in der russischen Provinz und in Ihrem Salon mit Säulen, und wenn ich nicht aufpasse, werde ich bald irgendwo herumstehen wie Sie, in irgendeiner Metropole oder womöglich sogar in der Provinz. Nur daß Sie das 20. Jahrhundert noch vor sich haben, und wir haben es schon hinter uns, und nun sind wir einsam und verlassen mit Kuchen und mit Musik in den großartigsten Städten.

Aber warum?, frage ich Sie, Fräulein Olga, Fräulein Irina und Frau Mascha, die sie ja bereits verheiratet sind, sowie auch Ihren Herrn Bruder Andrej Sergejewitsch, der immerhin ein Gelehrter ist und sogar Professor werden will, warum, frage ich Sie alle miteinander, warum nur sind wir eigentlich so allein?

Und dann werden Sie sagen, daß Ihnen das leid tut und wie sehr Sie sich wundern, denn alles hätten Sie sich vorstellen können, Zukunft, Glück und sogar, daß alle einmal arbeiten würden, aber doch nicht, daß irgend jemand irgendwann allein sein könnte. Wo *Sie* doch unaufhörlich von der gesamten Nachbarschaft belagert werden samt einem ganzen Trupp von Provinzleutnants, über die man ständig stolpert in Ihrem Salon mit Säulen. Und dann ist da auch noch diese grauenvolle Natalja Iwanowna mit dem geschmacklosen *grünen* Gürtel, den sie immer trägt, sogar über einem *rosa* Kleid, diese Verlobte und nachmalige Gattin Ihres Herrn Bruders, welche die Frechheit besitzt, denselben Vornamen zu tragen wie meine Wenigkeit: Natalja Iwanowna, die permanent alle herumkommandiert, weil sie denkt, daß ihr die Zukunft gehört, so als Aufsteigerin und als Muuutter. Widerlich ist das, da pflichte ich Ihnen bei, auch wenn wir natürlich selbst Aufsteigerinnen sind, aber wir sind doch wenigstens keine Müüütter!, und diese Natalja wenigstens einmal für fünf Minuten loszuwerden, das wäre für Sie ganz sicher ein Segen, auch wenn daraus ganz sicher nichts wird.

Ansonsten können Sie sich wirklich nicht vorstellen, wie das ist, allein zu sein, allein, in einer eigenen Wohnung, allein, ohne die Nachbarschaft und ohne die Verwandtschaft, allein sogar ohne den Namen des Vaters zwischen den eigenen Vor- und Nachnamen, und Letzteres, nämlich gewissermaßen namen- und herkunftslos zu sein wie streunende Katzen, das überstiege Ihre schlimmste Imagination. Weshalb Sie schließlich *uns* fragen werden, wie das nur hatte geschehen können, daß wir nun so alleine sind, und Sie werden hinzufügen, daß sie sich niemals gedacht hätten, daß das alles ausgerechnet einmal *so* endet, ganz ohne Vatersnamen und dafür bei Kuchen und bei Musik, ja, werden Sie noch ergänzen, ja, wenn man das nur gewußt hätte.

Verehrte drei Schwestern! Ich kann Ihnen doch auch nicht sagen, wie das alles hatte geschehen können, und eigentlich hatte ich ja etwas von *Ihnen* wissen wollen, und jetzt reden Sie mir gleich dazwischen, ist das die feine russische Art?

Andererseits: Sie haben recht! Ist letztlich egal, wer wem die Fragen stellt.

Aber auf eines möchte ich doch hinweisen: Daß ich ja diejenige bin, die Ihnen die Sprache geben wird, jedenfalls die deutsche, ohne mich beziehungsweise meine geschätzte Kolleginnen- und Kollegenschaft, die es ebenfalls schon oft genug mit Ihnen versucht hat, wären Sie hierzulande stumm. Dabei verspreche ich Ihnen jedoch, dafür zu sorgen, daß Sie sich jederzeit ausdrükken können und zwar stets in den wohlgesetztesten Worten, nicht nur, was die Zukunft und die Arbeit betrifft, sondern gerade auch hinsichtlich Ihrer leider oft endlosen Aneinanderreihungen von Belanglosigkeiten. Wie die Zeit vergeht!, ei, ei, wie die Zeit vergeht – ja, auch das muß ich leider übersetzen.

Vor allem aber können Sie dank meiner von Wärme sprechen und von den Birken, die noch nicht ausgeschlagen haben und davon, daß sich dann Freude in Ihrer Seele regt. Und auch wenn Sie und Ihr Anhang doch nur reden und reden in Ihrem Salon mit Säulen, weil Sie, entschuldigen Sie bitte, daß ich jetzt auch Ihnen das so offen sage, schon halb tot sind vor lauter Lethargie, so muß ich dennoch eines zugeben: nämlich, daß ich trotz allem schon den ganzen Vormittag neidisch bin.

Auf Ihre Birken im Frühjahr und auf Ihre Pilze im Herbst, auf Sehnsucht, Weite und die gesamte Grundausstattung der schönen russischen Seele inklusive der heiligen russischen Provinz.

Auf dieses ganze merkwürdige Reich von Vorstellungen und Gewißheiten, auf all das, was niemand sehen kann, und ich hier am allerwenigsten, mal abgesehen davon, daß ich ohnehin nicht mehr soviel sehe. Vielleicht befinden sich diese Vorstellungen und Gewißheiten irgendwo auf der Innenseite der Körper und werden vom einen zum nächsten weitergegeben: von der Mutter zur Tochter, vom Vater zum Sohn, oder von mir aus auch von der Tante zum Neffen oder noch einmal irgendwie anders, auf uns noch völlig unbekannten Wegen, wie soll ich das beurteilen. Ich bin schließlich keine Spezialistin für Vererbungslehre, auch wenn ich selbst Trägerin einer Erbkrankheit bin, sogar einer ziemlich seltenen.

Aber wer hat schon *so etwas,* so etwas wie *Sie,* meine beneidenswerten Fräulein Schwestern?

So einen erblichen Seelenkosmos mit direkter Verbindung zum Himmel und zur Ewigkeit und von dort aus wieder zurück zu den Birken respektive zu den Pilzen und dann direkt zur Erde, wir jedenfalls haben so etwas ganz gewiß nicht, weder in der Großstadt noch in der Provinz und auch nicht auf der Innenseite unserer Körper.

Keine Ahnung, was *wir* dort auf der Innenseite unserer Körper statt dessen haben, womöglich ist da einfach gar nichts. Oder zumindest irgendein Chaos, dessen Bestandteile kein Mensch identifizieren kann, und mitten drin in diesem Chaos sitzt ausgerechnet noch unser Freier Wille, gegen den ich an sich nichts sagen will. Aber mit den Birken und mit der Sehnsucht kann der Freie Wille nicht konkurrieren, weshalb es, meine beneidenswerten Schwestern aus dem Hause Prosorow, zugegebenermaßen wohl doch umgekehrt ist: dank *Ihnen* kann *ich* von Wärme sprechen und von den Birken, die noch nicht ausgeschlagen haben, und *ohne Sie* wäre *ich* in dieser Hinsicht quasi stumm.

Also noch einmal vielen Dank, ich werde Ihnen das nicht vergessen, Wärme, Wärme, Birken, Birken, Sehnsucht, Sehnsucht, das alles ist wunderbar, aber dennoch ist es jetzt höchste Zeit und Sie sollten sich wirklich allmählich beeilen, vier, fünf Jahre noch, und wer weiß, was dann geschieht, mit den Birken und mit der Seele und mit der Innenseite der Körper: Bald kommt das Jahr 1905 und mit ihm bereits im Januar der Petersburger Blutsonntag und das Massaker der Armee des Zaren an Arbeitern und Demonstranten, von dem Sie demnächst zwangsläufig noch hören werden.

Aber das ist erst der Anfang all der Revolutionen.
Das Beste kommt ja immer erst noch.
Das Schlimmste aber auch.

Und davon, wie es weiterging, liebe Schwestern, machen Sie sich keine Begriffe, ich weiß, das klingt äußerst rätselhaft, aber mehr will ich jetzt nicht sagen, das würde Sie womöglich unnötig beunruhigen, und es geht mich eigentlich auch gar nichts an. Aber ich hoffe inständig, daß Sie es noch schaffen, nach Moskau, oder irgendwo anders hin, und dort wird ganz sicher alles besser, es kann ja gar nicht anders sein.

Es tut mir natürlich leid, daß Ihr Herr Vater tot ist, auf den Tag seit einem Jahr, und wahrscheinlich war das damals sogar der Moment, als das Sterben der Väter begonnen hat, wenn ich das einmal so pathetisch formulieren darf.

Irgendwann muß das schließlich angefangen haben, und vielleicht war es wirklich genau an diesem Tag, ich weiß, daß es Ihnen, liebe Olga Sergejewna, mit Ihrem schönen Vor- und Vatersnamen, dereinst war, als könnten Sie es nicht überleben und auch, Sie, Fräulein Irina, lagen da, ohnmächtig wie eine Tote.

Aber ein wenig scheinen zumindest Sie, liebe Olga Sergejewna, sich inzwischen erholt zu haben, und ich darf Ihnen sagen, daß auch ich in den letzten beiden Nächten immerhin etwas länger geschlafen habe als sonst. Und jeden Morgen setze ich mich an meine Arbeit, auch wenn die Hitze mit jedem Tag schwerer auszuhalten ist und allmählich eine tiefe Erschöpfung sich aller bemächtigt, der Städte, der Landschaften und der Menschen ohnehin.

Deshalb sage ich es lieber noch einmal: Wenn Sie es noch nach Moskau schaffen wollen, dann müssen Sie bald los, sonst ist es zu spät, also bitte hören Sie auf mich, das alte Jahrhundert ist vorüber, und jetzt stehen Sie vor einem neuen, so wie auch wir nun schon mit beiden Beinen im nächsten stehen. Und Sie können sich nicht vorstellen, wie gnadenlos besser nun alles unaufhörlich wird, mit jeder einzelnen der Neuen Zeiten, und schon gar nicht, daß wir uns am Ende kaum mehr retten können vor dem vielen Kuchen und der pausenlosen Musik, aber nun auch nicht wissen, wie es weitergeht, genauso wenig wie Sie. Auch wenn ich die Parallelen zwischen Ihnen und uns nicht übertreiben möchte, nein das will ich gewiß nicht, schon um unsretwillen, denn wenn *Sie* nicht mehr viel Zeit haben, dann würde das heißen, daß auch *wir* keine mehr haben, und so weit will ich gar nicht denken. Und mit Birken hatten wir ja auch noch nie etwas zu tun.

5

*Noch einmal über Birken und
über erhobene Hände*

Schließlich, dachte ich, hatte es in den letzten tausend Jahren nicht die geringste Verbindung gegeben zwischen mir und den Birken und der heiligen russischen Provinz, wenn man von gewissen Klängen in meinem und im Namen meiner Mutter, Großmutter und Urgroßmutter, einmal absah.

Ganz zu schweigen von gewissen Großvätern, meinen Großvätern, in ihren heiligen deutschen SS-Uniformen, die zwar auch keine Verbindung zur russischen Provinz hatten, aber dortselbst dennoch die Birken behängt haben, und zwar mit den Körpern der vorgefundenen Provinzler, wovon meine drei Schwestern aber um des Himmels Willen auf keinen Fall etwas erfahren sollen, denn sonst wären sie ..., na, ja, wie soll ich sagen?

Und nach Moskau wollten die Großväter natürlich auch, bloß daß sie es nicht geschafft haben, was für Moskau insgesamt auch sehr viel besser war, abgesehen davon, daß die Großväter selbst gar nicht gewußt hatten, was für *sie* dort in Moskau hätte besser werden beziehungsweise was sie dort überhaupt hatten wollen sollen. Denn seit jeher war jenen Großvätern, genau wie meiner Mutter, meiner Großmutter und meiner Urgroßmutter dieser ganze russische Kosmos und alles, was er jemals bedeutet hatte, weniger als nichts, und noch niemals hatte jemand auch nur ein einziges russisches Wort gesprochen.

Außer natürlich der Großvater, der wieder Schreiner geworden war nach dem Krieg, bevor er sich schließlich als Hausmeister hatte verdingen müssen bis zu seinem Lebensende. Oder zumindest, bis er so sehr zitterte, daß er es nicht mehr schaffte, mit einem Schlüssel in ein Schloß zu treffen, und ihm die Stimme versagte, wenn er kraft hausmeisterlicher Autorität jemanden zurechtweisen respektive niederbrüllen wollte, die kräftige, entschlossene Stimme, die ich noch hörte, als er längst verstummt war.

Hände hoch!, ruki wjerch!, so rief der Großvater, mein liebstes Opalein, als ich als kleines Mädchen auf seinem Schoß saß und er mir die Ärmchen in die Höhe riß, ruki wjerch!, immer wieder ruki wjerch!, solange, bis ich beinahe keine Luft mehr bekam vor lauter Lachen. Dann rief der Opa: stoj!, halt!, und ich sollte augenblicklich aufhören zu lachen, und falls mir auch nur ein einziger Ton entfuhr, gab er mir einen Klaps, einen leichten, einen freundlichen, über den ich ebenfalls wieder lachen *wollte*, über den ich aber nicht lachen *durfte*.

Fünfzehn Jahre später habe ich mich dann an der Universität für russische Literatur eingeschrieben.

Warum?, fragte die Mutter.

Warum?, fragte der Vater.

Warum?, fragte der Großvater.

Darum!, sagte ich.

Dann ließen sie mich in Ruhe.

Bitte, sagten sie, und beleidigt zogen sie das I in die Länge, biiitte, solange der Staat für dich zahlt. Ist ja nicht unser Geld, das du verschwendest, und auch nicht unsere Zeit.

1

Über die unermeßliche Weite des Horizonts

Von wegen nicht mehr viel Zeit. Aber doch nicht für uns. Uns gehören, dachte ich, *alle* Zeiten, die vergangenen zweitausend Jahre und die kommenden dazu, *wir* können an jedem Tag, den Gott werden läßt, noch einmal von vorne anfangen, egal, was bis dahin geschehen ist, und selbst, wenn wir schon kurz vor Moskau stehen, können wir noch einmal abbiegen, nach Kuba oder in Richtung Seychellen.

Ich könnte, dachte ich, aber zum Beispiel auch in die sozialdemokratische Partei eintreten, gleich heute oder spätestens morgen, und das wird dann ein guter Tag für die Demokratie in Deutschland und vielleicht sogar für die ganze Welt, und womöglich läßt sich doch das eine oder andere wahrmachen, von dem, was wir uns all die Jahre so überlegt hatten, zum Wohle aller und für das Große Ganze.

Oder ich gehe gleich für eine Weile ins Kloster, zu den Benediktinern nach Beuron vielleicht, warum nicht, denn auch das ist für irgend etwas gut, vielleicht nur für jeden Einzelnen, vielleicht aber auch für das Große Ganze, auch wenn ich, Gott bewahre, selbstverständlich nicht religiös bin, und natürlich ginge ich auch nicht für immer, aber wo sonst, wenn nicht im Kloster, verwirklichen sich jeden Tag aufs Neue noch immer die kühnsten Ideale, zumindest diesseits von Kuba und den nordkoreanischen Seychellen.

Aufstehen um vier Uhr vierzig, und dann nimmt die beste aller möglichen Welten ihren Lauf, ora et labora et lege, beten, arbeiten, lesen. Und selbst, wenn in der Klostermetzgerei nur Würste gebrüht werden, wird ein ganzes Reich von immerhin auch nicht mehr ganz taufrischen Vorstellungen und Gewißheiten plötzlich Realität, sogar an die Arbeit kann man dann wieder glauben, mit exakt dem gleichen Recht, wie man an Gott glauben könnte, wenn man dazu in der Lage wäre. Ich kenne jedenfalls mindestens fünf Leute, die seit Jahren immer wieder überlegen, sich für eine Zeitlang aus dem profanen Alltag zurückzuziehen, denn schon um vier Uhr vierzig in der Frühe würde sich alles ändern. Aber irgendwie war die Zeit für den Eintritt ins Kloster bisher noch nicht gekommen, genausowenig wie für den Eintritt in die sozialdemokratische Partei.

Und du, was würde mit dir geschehen?
Wenn du für eine Weile ins Kloster gingest.
Oder wenigstens in die sozialdemokratische Partei.
Ja, was würde wohl mit mir geschehen?

Gute Frage. Ich werde darüber nachdenken.

Und auch darüber, wie unerschöpflich unsere Möglichkeiten sind und wie unermeßlich weit unser Horizont ist, und vielleicht werde ich auch erkennen, wann die Zeit gekommen ist, um noch einmal von vorne anzufangen, womöglich noch vor meinem Geburtstag, am 15. August, wobei wir ganz sicher sogar noch heute irgendwo vorstellig werden würden, in der Klostermetzgerei bei den Benediktinern im Kloster Beuron beispielsweise oder wenigstens beim sozialdemokratischen Ortsverein in Biberach, wenn nur diese unerträgliche Hitze nicht wäre.

8

*Über Elektromotorenbetriebe, Messerbänkchen
sowie den alabasternen Busen der Großmutter*

Einmal, dachte ich, hatten wir ja schon ganz von vorne angefangen. Das war an dem Morgen, an dem die Arme und die Beine von uns abstanden wie Stecken, die zu uns gehörten und doch nicht, so daß wir nicht wußten, ob wir sie bewegten oder sie uns, und bereits am Abend vor diesem Morgen war die Umarmung der Mutter geradezu widerlich geworden und der mütterliche Geruch fast unerträglich.

Jahre hat es dann gedauert, bis wir wieder in Frieden leben konnten mit unseren Gliedmaßen und auch mit unseren eigenen Gesichtern. Aber seither hielten wir

Abstand von den Körpern der Mütter und von denen der Väter, und dabei sahen wir ihre Augen, ihre Münder, ihre Nasen, die fast so geformt waren wie die unseren. Und wir beobachteten die Eltern. Wie sie auf dem Sofa saßen und wie sie sich grämten vor lauter Scham, versagt zu haben, weil sie weder in der Lage gewesen waren, etwas zu *schaffen*, noch auch nur dazu, etwas *anzuschaffen*, was sie hätten weitergeben können.

Und die Väter schämten sich ihrer viel zu bescheidenen Angestelltenexistenz und die Mütter ihres Hausfrauendaseins, und daß sie noch immer Zahlen auf Zetteln untereinanderschrieben, um auszurechnen, wieviel vom Haushaltsgeld übrigblieb zum Sparen auf ein neues Sofa, wenn Essen und Kleidung bezahlt sein würden, und gemeinsam schämten sie sich der Mietwohnungen, in denen sie lebten, und daß der Vater zu tun hatte, was andere von ihm verlangten.

Denn längst hätte er sein eigener Herr sein müssen, Besitzer eines, wie man im Schwäbischen sagt: Fabrikle, und das Fabrikle hätte womöglich ein mittelständisches Wirkwarenunternehmen sein können oder ein ebensolcher Elektromotorenbetrieb, eine Zulieferfirma etwa für Daimler Benz, und die Mutter wäre die sogenannte Chefin gewesen, und als d' Scheffe hätte sie sich um das Büro gekümmert und die paar Angestellten gescheucht und darauf geachtet, daß sie kein Material verschwendeten und keine zu langen Mittagspausen machten. Schließlich auch der Umzug in ein eigenes Haus, bei dessen Bau der Vater selbst Hand angelegt hätte, es brauchte durchaus kein Anwesen samt Salon mit Säulen zu sein, aber wenigstens etwas, das sie uns hinterlassen konnten. So aber, sagten sie, würden wir leer ausgehen, und von ihnen würde dereinst nichts mehr übrigbleiben außer diesem Sofa, auf dem sie nun noch saßen, sowie später einem Häufchen Asche unter dem Rasen, und immer wieder meinten sie, sich kleinlaut vor uns rechtfertigen zu müssen und irgend etwas zu murmeln, von den Umständen und von den Zeiten.

Wir aber dachten: schon wieder eine von diesen Entschuldigungen, hört das denn nie auf mit diesen Abbitten, und welche Umstände sollten das denn gewesen sein wegen derer sie nichts zustande brachten, und welche Zeiten? Und dann lachten wir und schüttelten uns vor Mißfallen und Widerwillen, laßt uns bloß in Ruhe!, stöhnten wir, wir brauchen eure Hinterlassenschaften nicht, weder die mobilen noch die immobilen, weder eure Gemäuer noch euer Gerümpel, und wie, riefen wir, wäre es mit Bösendorfern und mit silbernem Besteck, mit Tafelporzellan mit passenden Schüsseln und Saucieren, mit Kristallgläsern und Servietten aus Damast und am Ende womöglich mit Messerbänkchen in Form von kleinen Tierchen aus Porzellan, dem absoluten Höhepunkt im Warenkatalog des weiterzureichenden Wohlstands, den zu ehren wir verpflichtet wären, so als handele es sich um den alabasternen Busen der Großmutter. Aber auch den Großmutterbusen, riefen wir, den wollen wir erst einmal sehen, bevor wir ihn ehren, und eure Sofas könnt ihr von uns aus auch behalten, denn wir, wir ziehen jetzt los, und zwar mit einem Gepäck aus nichts als Federn, auf denen wir uns auch nicht ausruhen werden, nie!

*Über das Fliegen sowie
über Schokoladenschlösser und Nabelschnüre*

Und weil unsere Väter tot sind seit Jahren und auch unsere Mütter, können wir, dachte ich, als dieser Tag zu Ende war und auch er sich selbstverständlich als ein guter erwiesen hatte, einfach durchatmen und unsere Lungen füllen, als wären sie Luftballons, und womöglich würde uns dann fast schon zu wohl mit unserem leichten Gepäck.

Nirgendwo alte Koffer, nirgendwo vergessene Leichen – unsere Dachböden und unsere Keller: leer, als seien wir von irgendwo her gekommen mit nichts. Und weil uns nichts beschwert und weil uns nichts hält, könnten wir jeden Augenblick abheben und wegfliegen, über die Dächer bis weit hinter die garstigen Sonnen und die bösen Sterne, oder wir könnten hinunter rutschen, durch die Keller zum Mittelpunkt der Erde, wo wir dann zwar auch nicht wüßten, was wir dort wollen sollten, aber vielleicht fiele uns das noch rechtzeitig ein.

Und wenn uns gar nichts mehr hilft, und bevor wir vollkommen verloren gehen in Zeit und Raum, haben wir immer noch den Markt, den guten, der unaufhörlich zu uns spricht, und der stets bei uns bleibt, egal, was uns geschieht. Und wer wollte, konnte ihn hören, auch am Ende dieses sehr guten Tages, nur Mut, sagte der Markt mit zärtlicher Stimme, nur Mut.

Denn der Markt, sagte der Markt, würde uns retten, in dieser Nacht und in allen anderen Nächten, und in der Finsternis der Tage ohnehin, und er würde uns auch füttern, mit Reichstagskuppeln, Stadtschlössern und Frauenkirchen, vorrätig in Plastik, Sandstein oder Schokolade. Oder natürlich mit einem guten Buch, erhältlich mit kurzen Sätzen und mit langen, und Ihr Markt, sagte der Markt, wenn wir zweifelten und wenn wir zögerten, Ihr Markt, sagte der Markt, hat da schon einmal das eine oder andere für Sie vorbereitet, und dann präsentierte er seine großartigsten Produkte. Lauter persönliche Familiengeschichten: Großmütter auf der Flucht durch halb Europa, Großväter in Gefängnissen, als Täter die einen, als Opfer die anderen, und manche als Sowohlalsauch. Das Gute und das Böse, Kälte, Hunger, auseinandergerissene Familien,

Ostpreußen und das Baltikum, Weißrußland und Stalingrad, die nächsten Verwandten im Strudel der Geschichte, alles echt, alles authentisch, Frostbeulen und gerötete Gesichter, Wahrheit, Erfahrung, Erinnerung: endlose Nabelschnüre zurück in die interessantesten, die stürmischsten Zeiten für alle, die sich im Moment noch getrennt fühlen sollten vom Volks- oder sonstwie Ursprungskörper. Kein Dachboden, sagte der Markt, war Ihrem Markt zu staubig, kein Honorarvorschuß zu hoch, und die Freiwilligentrupps haben tatsächlich die tollsten Entdeckungen gemacht. Sie haben Fotos gefunden und Briefe, erstere natürlich vergilbt, letztere fast unleserlich, das kann Ihnen, sagte der Markt, Ihr Markt garantieren, und dann haben die Trupps sich, stellvertretend für Sie und auch für alle anderen unverzüglich ans Werk gemacht, denn sie wußten, wie wichtig ihre Arbeit ist, für Sie und für Ihre Identität. Und nun freut sich Ihr Markt, sagte der Markt, falls wir noch immer skeptisch waren und nicht wußten, wie uns geschah, und nun freut sich Ihr Markt, Ihnen etwas ganz Besonders anbieten zu dürfen: Sie bekommen Familie und Sie bekommen Geschichte, Sie bekommen Bitternis und Sie bekommen Süße, damit auch Sie nicht mehr ganz so verloren sind, in Amnesie und Heimatlosigkeit, in der Zeit und auch im Raum, und nun können auch Sie sich einrichten, zumindest für ein paar Stunden, im ununterbrochenen Kontinuum aus Unleserlichkeit und aus Gilb.

Mit einem Wort: Vertrauen Sie Ihrem Markt!, sagte der Markt, so oft, daß wir gar nicht anders konnten als unserem Markt zu glauben, denn Ihr Markt, sagte der Markt, der weiß doch, was Ihnen fehlt.

Und wo der Markt recht hat, da hat der Markt natürlich recht, das dachte ich an diesem Abend voller Leichtigkeit und gleichzeitig tröstlichem Aplomb, und so haben wir es doch auch in dieser Hinsicht wirklich gut.

10

Über die Segnungen der Gentechnologie

Nun ja, diese Erbkrankheit. Etwas vom Körper der Mutter, das einmal zu ihr gehört hatte und doch nicht. Und nun gehörte die Krankheit zu mir und doch nicht. Sie war mit mir zur Welt gekommen, genau so wie sie mit allen anderen Natalien der Familie immer wieder zur Welt gekommen war, *meine* Netzhautdegeneration, oder besser natürlich *unsere,* für die wir nichts konnten, aber für die wir dennoch verantwortlich waren, und um die wir uns kümmern mußten, bis zu unserem gemeinsamen Tod. Widerwillig womöglich, aber so, wie man sich um Angehörige eben kümmern muß, selbst wenn man sie nur schwer erträgt, wobei in diesem Fall selbst die Flucht nichts nutzt, und schon vor Jahren hat mir der Doktor Kammerer, Wolfgang, der mein Augenarzt war, fast freudig erklärt, was die Krankheit alles anrichten würde.

An einem Nachmittag, als ich im Halbdunkel vor ihm saß, in seiner Praxis im siebten Stock eines Geschäftshauses, das Sprechzimmer bestand aus nichts als aus lauter staub- und zeitlosen Kunststoffoberflächen, die jeden Hinweis auf die Existenz von Lebewesen, hier oder sonstwo auf der Welt, konsequent vermieden, und von dem Arzt sah ich kaum mehr als eine Silhouette. Indessen tat mir dieses professionelle Dämmerlicht tatsächlich wohl. Eine Gnade für die Augen all derer, die hier Platz nahmen, damit ihnen der Doktor helfe.

Und so versuchte ich mich zu konzentrieren, während der Doktor Kammerer ausholte und ich hörte, was aus mir werden würde, aus mir und aus meinen Augen, und vor allem aus meiner Netzhaut, in der die lichtempfindlichen Sinneszellen nach und nach zerstört werden würden. Erst die Millionen von Stäbchen, dann auch die Zapfen, sehr langsam zwar, aber zur Zeit noch immer unaufhaltsam, und durch den merkwürdigen Tonfall zwischen Stolz und Vergnügen, den die Rede des Arztes in diesem Moment hatte, schien es, als erwarte mich oder ihn oder uns beide beinahe eine Art ganz und gar exquisiter, wenn auch am Ende fataler Genuß.

Auf jeden Fall aber ein außergewöhnliches Schauspiel. Das weder *vor* meinen Augen stattfinden würde noch irgendwie *hinter* ihnen, also weder draußen in der wirklichen Welt noch in den wolkigen und körperlosen Gefilden der Phantasie, sondern vielmehr in meiner eigenen Physiognomie, *in* den Augen selbst.

Das allmähliche Absterben des Sehkreises von den Rändern her, die Welt in Ausschnitten mit unklarem Rahmen, eingefaßt in fortschreitendes Dunkel, dann Tunnelblick, Desorientierung im Raum, Schrotflintengesichtsfeld: die Wirklichkeit mit lauter schwarzen Löchern, zerschossen wie nach einem Bürgerkrieg, und *dieser* Bürgerkrieg, dachte ich, wäre dann tatsächlich ausschließlich mein eigener, mein Krieg gegen mich selbst.

Allerdings, so sagte der Doktor Kammerer, solle ich mich nicht zu früh freuen, ja, er sagte tatsächlich: freuen, denn es seien auch noch andere Kräfte am Werk, und zwar außerhalb meiner letztlich doch leider recht bedauernswerten Physis. Es handele sich dabei um die unbestechlichen Kräfte der Wissenschaft, genauer gesagt: um die der Genforschung. Die arbeite immerhin unaufhörlich, sozusagen Tag und Nacht, hantiere mit Pipetten und mit den dazu passenden Eppendorfgefäßen, vergleiche Basenpaare, zerschneide Enzyme, betrachte die Organisation von Genomen und auch ihre Expressionsmuster, und so habe die Wissenschaft auch die Gene, die diese Verwüstungen in meiner Netzhaut verursachten, bereits zu einem nicht geringen Teil identifiziert.

Über fünfundvierzig dieser Erbfaktoren kenne man schon, und ebendiese habe mir mutmaßlich meine verehrte Frau Mutter selig mitgegeben, falls ich das noch nicht wüßte, und in diesem Fall wüßte ich es ab jetzt. Die Genforschung kümmere sich ja vor allem auch darum, wie alles angefangen hat und wo alles herkommt, um unsere gesamte Historie, oder wollen Sie etwa nicht wissen, wie sozusagen ein Körper in den nächsten übergeht!, sagte der Arzt, weniger fragend als triumphierend in die exzessive Neutralität seines Sprechzimmers hinein.

Und während ich, nach *meinem* Expressionsmuster, deutlich nickte, und ansonsten stumm vor ihm saß, sprach er auch davon, wie extrem komplex diese ganzen Zusammenhänge seien, so komplex, wie ich mir das gar nicht vorstellen könne, aber wollen doch mal sehen, sagte der Arzt dann wiederum lachend, ob wir das Erbe Ihrer Frau Mutter nicht doch ausschlagen können, der Fortschritt der Gentechnologie sei schließlich nicht weniger unaufhaltsam als der meiner Krankheit.

Letztlich käme es jetzt nur noch darauf an, wer schneller sei: Der Körper, und damit spreche der Arzt, nunmehr in einer Art Schlußapotheose, von dem meinen, der sich überflüssigerweise beeile zu verfallen, und zwar in nicht unbeträchtlicher Geschwindigkeit, oder ob es doch der Geist sein würde, der den Sieg davontrüge. Wobei er mit dem Geist jedoch durchaus nicht etwa meinen eigenen meine, sondern natürlich den allgemeinen, den übergeordneten, den großen und mächtigen Schöpfergeist der Naturwissenschaften, dessen Ursprünge und Nahrungsquellen so vielfältig seien wie seine Wirkungsweisen. Und während mein nichtswürdiger Körper so dumm sei, seinem Ende zuzustreben, breite dieser Geist sich hingegen immer weiter aus, und zwar breite er sich aus wie …, na wie …, ach, er breite sich nun einmal aus.

Ich nickte noch einmal und sagte: Ja, ja, wollen mal sehen, was der Fortschritt bringt und von mir aus auch der Wettbewerb, der ja nie schaden kann, das wissen wir doch alle.

11

Über die ewige Jugend

Bald jedenfalls fangen wir alle dann noch ein weiteres Mal von vorne an, immerhin, dachte ich, sind wir noch jung. Jung, in bisher noch völlig ungeahntem Maße. Jung in umfassendster Weise. Jung, bis hinter den Horizont, jung, soweit wir überhaupt denken können, jung für immer und ewig, jung bis zum, sagen wir: Jüngsten Gericht, und anschließend erst recht und dann, dachte ich, ohnehin immer so weiter, young, younger, und schließlich sogar younger than ever, und James, dachte ich, James, der treue Diener, kreist um den Tisch und serviert erst die Suppe, dann den Fisch, dann das Hühnchen, dann das Obst und dazu Sherry, Weißwein, Champagner, Port, must I, Miss Natalie, and everybody is there, dachte ich, zu meinem neunzigsten Geburtstag beziehungsweise wahrscheinlich schon zu meinem hundertsten, und egal wie, dachte ich, ich werde jedenfalls jedes Jahr wieder feiern und zwar am liebsten bis in alle Ewigkeit.

Ich werde feiern, aber nicht an Weihnachten, wenn wir der Geburt unseres Herrn gedenken, und auch nicht an Silvester, wenn wir alle wiederum feierlich vor dem Fernseher sitzen, um auf irgendeine Dame und ihren Diener zu warten. Vielmehr ist mein Geburtstag ja am 15. August, dem Tag der Himmelfahrt Mariens, und dann erscheint sicher auch der Webermichel, der froh ist, daß er einmal herauskommt aus seiner für immer und ewig provisorischen Wohnung in Ulm, und selbstverständlich ist auch Olga Sergejewna da in ihrem blauen Lehrerinnenkleid. Und wir stehen ein wenig herum in meinem Salon mit Säulen und stolpern über lauter Provinzleutnants und Militärs und auch über diese grauenvolle Schwägerin namens Natalja mit ihrem geschmacklosen grünen Gürtel. Aber Olga Sergejewna ist so aufgeräumt wie selten, denn auch sie fühlt sich jünger, jünger sogar als gestern, und alles, sagt Olga, alles ist gut, denn alles kommt von Gott, und so soll es sein, Amen.

Aber leider, dachte ich, aber leider.

Aber leider wußten wir auch, dachte ich, daß wir von einem Augenblick auf den anderen weg sein konnten, und deshalb war statt Frohlocken meistens doch ein großes Gejammer, sowohl von seiten meiner Schwestern als auch von der des Webermichel, der mich jetzt fast jede zweite Nacht anrief. Denn nach der Probe ging er meistens noch ins Wirtshaus, und wenn er dann in seine provisorische Ulmer Wohnung kam, wußte er nicht, was er mit sich anfangen sollte, und deshalb, das sagte er immer wieder, sei er froh, noch mit jemandem sprechen zu können: Nataaalie, hier ist dein alter Weeeber, ich fühle mich heute gar nicht wohl.

Und ich sagte, daß ich ihn nur allzu gut verstünde und es mir nicht viel anders gehe, denn tatsächlich faßte ich mir öfters ganz unwillkürlich einen Augenblick an die Brust, und dann entfuhr mir etwas, was man ein Keuchen nennt oder auch ein Japsen, ich wäre schließlich nicht die Erste, die es treffen würde, viele von uns hatte es bereits erwischt in den letzten Jahren, so wie es damals schon meine Mutter getroffen hatte lange vor der Zeit, und selbst meinen drei Schwestern hatte das Leben schon sehr zugesetzt, obwohl sie, sagte ich zum Webermichel, noch Jahrzehnte, wenn nicht gar Jahrhunderte jünger waren als wir.

Vorbei die Jugend, schwindend die Kraft, so klagte Olga immer wieder, und zum allseitigen Bedauern war sie auch stark abgemagert, während Andrej Sergejewitsch, der intellektuelle Bruder, der eigentlich einmal ganz hübsch gewesen war, zugenommen hatte, nachdem der Vater verstorben war, nun genau vor einem Jahr. Andrej mußte sich verformt haben, wie sich weiche Körper eben verformen, wenn nichts mehr da ist, was sie zusammenhält, und dann wischte er sich über das Gesicht, denn er hatte in dieser Nacht nicht schlafen können, weil es sehr früh hell geworden und die Sonne ihm ins Schlafzimmer gekrochen war.

Aber wem sagte Andrej das, die Sonne, das Schlafzimmer, das frühe Ende der Nacht, *wir* erlebten dergleichen schließlich jeden Tag, und der Webermichel beispielsweise schlief erst gar nicht mehr ein, und fett geworden war er sicher auch, jedenfalls war das leider zu vermuten. Aber davon erzählte der Webermichel natürlich nichts, wenn er mich anrief mitten in der Nacht, dafür, das mußte ich zugeben, zogen wir dann bisweilen über unsere drei Schwestern her respektive über unseren Bruder Andrej, und zwar mit einigem Vergnügen.

Denn wenn *die* mit ihren dreißig Jahren schon völlig am Ende waren, was sollten *wir* dann sagen, was? Gefühlte hundert Jahre alt, und noch immer auf der Piste, nicht daß uns das Spaß machte, aber was blieb uns anderes übrig, die Hundertjährigen von heute sind die Dreißigjährigen von vor hundert Jahren, und statt daß wir uns vielleicht einmal zurücklehnen konnten, sollte es jetzt schon wieder *richtig losgehen*, wir konnten uns doch nicht einfach davonmachen vor der Zeit. Und zu allem Überfluß saßen uns auch noch die Dreißigjährigen von heute im Nacken, die wiederum exakt gleich alt waren wie wir, beziehungsweise waren *wir* exakt gleich alt wie *sie*, und tags mußten wir uns mit ihnen um die Arbeit streiten und nachts um unsere Geliebten und um deren Haut, die allerdings meist weder hundert Jahre alt war noch dreißig, sondern sich anfühlte wie Papier.

Wer hat übrigens behauptet, Alter sei eine Frage des Bewußtseins? Blödsinn, Alter ist ausschließlich eine Frage von Angebot und Nachfrage, und zur Zeit, sagte der Webermichel, der einmal Marxist gewesen war, zur Zeit war der Markt mehr als gesättigt.

Zum Beispiel mit lauter dreißigjährigen Russinnen und Russen, die es nicht nur bis Moskau geschafft haben und inzwischen auch bis nach Berlin, sondern noch sehr viel weiter, nämlich bis nach Ulm, wo, sagte der Webermichel, die goldenen Uhren der jungen Burschen in der Sonne blitzten, und die Absätze der Mädchen reichten bis über den Turm des Münsters, während die zu den Armbanduhren und den Absätzen gehörigen Bösewichte mit ihren Geländewagen über den Marktplatz brausten und den ortsansässigen Hausfrauen auf dem Weg zum Einkaufen der Atem stockte ob all der unfaßbaren Kräfte, die sie fühlten bis tief in ihre Leiber.

Herrlich sei das, sagte der Webermichel, lauter Szenen wie aus dem allerschönsten russischen Märchen, und das in der schwäbischen Provinz. Und diesen russischen Märchen, sagte der Webermichel, gehörte jetzt die Zukunft, *gerade* auch in der schwäbischen Provinz. Kein Wunder, daß *wir* uns dann irgendwie überflüssig fühlten, so überflüssig wie die Herrschaften aus dem Hause Prosorow, die es noch nicht einmal bis nach Moskau schafften und schon gar nicht bis in so ein zeitgenössisches russisches Märchen voller Schönheit, Reichtum und überwältigender Kraft. Deshalb sei es geradezu natürlich, wenn wir wahlweise abmagerten oder verfetteten, und wenn wir schließlich keuchten und japsten und dann tatsächlich eines Tages einfach weg waren. Nataaalie, hat der Webermichel gesagt, Nataaalie. Höre auf deinen alten Weeeber.

....

12

*Über die Segnungen des
Technischen Überwachungsvereins*

Abgesehen vom Webermichel rufen ja gottseidank nicht viele Leute bei mir an, besonders nicht schon morgens und erst recht nicht vor zehn Uhr, aber an diesem Morgen klingelte das Telefon schon kurz nach neun.

Der Anrufer war einer der ältesten Freunde, die ich hatte, abgesehen vom Webermichel, wobei wir insgesamt inzwischen, falls überhaupt, fast nur noch älteste Freunde hatten, und *dieser* der ältesten Freunde schreckte mich zu dieser frühen Stunde auf, um zu verkünden, daß er neueste Erkenntnisse gewonnen habe.

Es seien dies Erkenntnisse auf wissenschaftlicher Basis, weshalb dieser Tag ein guter sei, nicht unbedingt für die Demokratie in Deutschland und für das Große Ganze, aber immerhin für ihn als Einzelnen, der nun, wie sich soeben herausgestellt hatte, so gut wie gerettet sei.

Eduard, so wollen wir den Freund im besten Mannesalter nennen, Eduard sagte, es handele sich um seine Vorsteherdrüse, die Prostata, ganz recht, eine problematische Sache, sagte er, eine ständige Gefahr, aber die seine, ja, die sei anders, ganz anders als die der anderen, und das sei nun sogar amtlich! Er sei, wie er mich wissen lassen wollte, beim Arzt gewesen, heute morgen, bereits um sieben Uhr dreißig, eine routinemäßige Untersuchung seines allgemeinen Gesundheitszustandes, schließlich müsse man wissen, was in einem so vorgehe. Den Kontostand kontrolliere man ja auch regelmäßig und die Funktionstüchtigkeit des Fahrzeugs ohnehin, und so bringe er eben auch sich selbst oder wenigstens seinen Körper in gewissen Abständen sozusagen zum TÜV, wenn auch, wie er zugeben müsse, längst nicht oft genug, denn es gebe letztlich ein entscheidendes Problem, und das sei, daß keiner wissen könne, was bei solchen Untersuchungen herauskommt. Es könnte schließlich auch sein, daß sich herausstellte, wie nah man bereits dem Ende sei, und wie sollte man dann weiterleben, am Abgrund entlang und ohne den Blick in die Ferne, und dazu nickte ich nun einmal wieder an meinem Ende der Telefonleitung, obwohl auch Eduard mein Nicken nicht sehen konnte. Für dieses Mal, sagte der Freund, sei er allerdings noch einmal davongekommen, alles soweit normal und in Ordnung, und insgesamt gebe es keine akuten Gründe zur Beunruhigung. Was nun aber seine Vorsteherdrüse betreffe, so sei das Ergebnis weit jenseits seiner kühnsten Hoffnungen.

Der Arzt schätze sie nicht etwa auf deutlich über fünfzig Jahre, was dem restlichen Körper Eduards entsprochen hätte, sondern sie komme diesem vor wie die Prostata eines höchstens Dreißigjährigen, ein Wunder sei das, frohlockte der Freund, zumindest ganz und gar erstaunlich, denn eine chronische Entzündung sei das Mindeste, was zu befürchten gewesen sei, und letztlich habe er mit einer deutlichen Vergrößerung und sogar mit bösartigen Knoten gerechnet. Nun jedoch, sagte Eduard, nun könne er sein Glück kaum fassen, Schatten wichen ihm von der Seele, beschwingt fühle er sich und leicht, ja, er müsse sagen, daß es ihm – ausgerechnet dank dieser nüchternen, wissenschaftlichen Analyse! – fast vorkomme, als sei ihm unversehens eine jugendliche Geliebte begegnet. Nur eben nicht irgendwo dort draußen, sondern in seinem eigenen unübersichtlichen und unberechenbaren Inneren.

Selbstverständlich beglückwünschte ich den Freund, prima, toll, gut gemacht, weiter so, wurde auch Zeit mit der jugendlichen Geliebten, eine jugendliche Geliebte zu haben ist der allgemeine Trend, besonders bei Besitzern rasant alternder Restkörper, meine besten Empfehlungen also an das reizende Fräulein Prostata unbekannterweise, und immer frisch voran bei der Versöhnung mit der Welt und mit den Eingeweiden und so weiter und so fort.

Unglücklicherweise sagte ich auch noch irgend etwas über den Balkan beziehungsweise den Hindukusch sowie über den Nahen Osten, dort sei die Lage jeweils nachgerade entspannt im Vergleich zu den Verwerfungen, zu denen es in des bedauernswerten Freundes Körper sowie in seinem Geiste gekommen sei, schließlich noch ein Satz und noch einer, und ich hörte meine eigene Stimme, und wie ich ein wenig lachte, und dann hörte ich Atem, aber schließlich nur noch meinen eigenen.

Von Eduard jedoch, dachte ich, werde ich jetzt wohl so schnell nichts mehr hören.

Ob es ihm wohl gut gehen wird?

Ob er wohl gesund bleiben wird?

Wo er gewiß noch zweihundert Jahre zu leben hat.

Oder sieben.

Oder dreieinhalb Monate.

Oder fünf Tage.

13

*Über den Webermichel und
über das Stimmenhören*

Und der Webermichel.

Der Webermichel, dachte ich, das ist ja nur eine Stimme, ich hatte sie nicht mehr gehört seit über dreißig Jahren, und ich hatte mir eingebildet, daß ich sie vergessen haben mußte, so wie das Lied von den Schwäbischen Eisenbahnen oder wie die Songs auf der Bob-Dylan-Platte von 1974, die mir der Webermichel einmal geschenkt hatte, oder wie die Stimme meiner Mutter bei ihrem letzten Anruf, als wir bereits unter garstigen Sonnen saßen und unter bösen Sternen.

Aber dann hatte der Webermichel nach all diesen Jahren noch nicht einmal richtig angefangen zu sprechen, kurz vor Mitternacht und manchmal auch schon weit danach, Nataaalie, hier ist dein alter Weeeber, und schon fielen die Zeit in sich zusammen und auch der Raum, denn auch für Stimmen sind zeitliche und räumliche Distanzen so gut wie nichts, genausowenig wie für Eisenbahnen und für Bibliotheken. Ich weiß nicht, dachte ich, wie und wo sich die Stimmen halten, ob irgendwo draußen im Universum oder vielmehr ebenfalls auf der Innenseite unserer Körper, und wie auch immer hörte ich den Webermichel sprechen, und wo waren sie dann, die dreißig Jahre und die Entfernung zwischen uns, wo?

Nataaalie, sagte er, und meistens lag ich im Bett, und ich sagte, daß ich schon schlief, und dennoch sprach der Webermichel weiter, und manchmal verstand ich zuerst noch nicht einmal, worum es ging, und zudem wußte ich nicht richtig, wo ich war, in der Zeit und auch im Raum, irgendwo, nirgendwo.

Denn der Webermichel war ja nur eine Stimme, leibhaftig gesehen hatte ich ihn Jahrzehnte nicht, und dennoch war er da, und nun hörte ich in den Nächten manchmal auch die Platte von Bob Dylan wieder, den wir alle sogar überhaupt noch *nie* gesehen hatte, genausowenig wie unsere drei Schwestern.

Auf dieser Platte war die Rede von planetarischen Wellen, höchstwahrscheinlich direkt von draußen aus dem Universum, und davon, daß auch Bob Dylan uns wünschte, wir blieben für immer jung, als hätte er es gewußt, wie sehr wir uns darum einmal bemühen würden, und das wünschte er uns seltsamerweise sogar gleich zwei Mal hintereinander, einmal in vier Minuten und achtundfünfzig und das zweite Mal in zwei Minuten achtundvierzig Sekunden. Wo wir an der ewigen Jugend doch ohnehin nicht den geringsten Zweifel hatten, damals 1974, als wir gerade sechzehn waren oder, wie der Webermichel, der ein wenig älter war als ich, vielleicht siebzehn oder allerhöchstens zwanzig oder einundzwanzig. Und hin und wieder waren der Webermichel und ich in diesen Nächten, in denen wir unsere Stimmen nun wieder hörten, sogar kurz davor, wiederum ein paar Zeilen aus einem anderen Song auf dieser Platte zu zitieren. Was mit *dir* kam darin vor und was mit *mir*, und die Rede war auch von einem Zündholz sowie von etwas, das sich einschleicht aus einem anderen Jahrhundert.

Haben der Webermichel und ich dann aber doch gelassen, das Zitieren, der Text dieses Songs ist der pure Kitsch, aber auch wenn wir den Text *nicht* zitierten, so kannten wir ihn, nachdem wir ihn unzählige Male gehört hatten, doch genau.

Something there is about you that strikes a match in me

Is it the way your body moves or is it the way your hair blows free

Or is it because you remind me of something that used to be

Something that's crossed over from another century?

Dafür, sagte der Webermichel, wird Bob Dylan den Literaturnobelpreis dereinst bestimmt nicht bekommen, genausowenig wie für eine ganze Reihe anderer Songs, die er, der Webermichel, ebenfalls noch im Ohr habe. Es sei ohnehin äußerst schwierig, alle diese Klänge, die in uns zurückgeblieben sind, wieder loszuwerden, dieses alte Bob-Dylan-Zeug zum Beispiel, als kennten wir neben so vielen anderen, besseren Haltstationen als früher nicht auch unzählige andere, bessere Lieder.

Oder die Stimmen der Verwandten, die sich ebenfalls in uns festgesetzt haben, so wie die Stimmen der Nachbarschaft, ja sogar der ganzen schwäbischen Provinz, und selbst an die Stimme meiner Mutter könne sich der Webermichel noch erinnern. Natürlich nicht daran, wie sie geklungen haben mochte, als sie mich zum letzten Mal anrief, sondern wie sie sich anhörte, als er meine Mutter dieses einzige Mal getroffen hatte, denn auch das hatte er nicht vergessen.

Eine dieser schwäbischen Frauenstimmen sei das gewesen, immer eine halbe Oktave zu hoch und weit über der natürlichen Stimmlage, und damit immer entweder irgendwie süßlich verlogen oder aber keifend und schrill, wobei der Webermichel damit natürlich nichts gegen meine Mutter gesagt haben wollte, nur gegen diese schwäbischen Stimmen, von denen niemand weiß, warum sie immer so falsch sind. Man kann sich auf diese Frauenstimmen nicht verlassen, genauso wenig wie auf die schwäbische Provinz, schwäbisches Weib und schwäbisches Provinz sprechen mit gespaltener Zunge, sagte der Webermichel, hat doch schon Winnetou gewußt, oder?

Gerade tut alles noch heimatlich und freundlich, und die Stimmen klingen samtig und weich, aber kaum, daß irgend jemand dabei ist, der nicht zur Innenwelt der allerengsten Kernfamilie gehört, oder man gar vor die Tür tritt, hinaus in die schwäbische Öffentlichkeit, da verwandelt sich sogleich noch der wohltemperierteste Alt zum klirrenden Sopran. Übrig sind nur noch die hohen und höchsten Frequenzen, sie kommen direkt aus dem Kopf, ein äußerst schmales Spektrum und für alle ist es gleich, und das, was darunter liegen könnte, ist verboten. Die tiefen Töne steigen aus merkwürdigen Regionen des Körpers auf, und in den schwäbischen Provinzen stören sie die öffentliche Ordnung, denn die braucht Damen ohne Unterleib respektive Frauen ohne Stimme, und diese sind zur entsprechenden öffentlichen Selbstentleibung auch jederzeit bereit, ja, sagte ich zum Webermichel, erstaunlich, wie genau sich alle an diese Gesetze halten. So ist es stets ein einziges ordnungsgemäßes Keifen und Quäken, die Mütter, die Tanten, die Großmütter, die Großtanten, sämtliche Nachbarinnen, die ganze Straße und schließlich sogar die gesamte schwäbische Provinz. Alles, einfach alles keift und quäkt, lauter schneidende Töne, die Stimmen brauchen nur zu grüßen, Grüß Gott, sooo, wie geht's?, gell, man muß halt schaffen!, und das ist keine Frage und keine Feststellung, sondern ein Befehl. Und schon stechen Messer in die Ohren, und wahrscheinlich stecken sie auch bald im Rücken, nämlich derer, die angeblich *nicht genug* schaffen, wobei im Schwäbischen bekanntlich niemals gearbeitet, sondern immer nur *geschafft* wird, und es wird etwas erreicht beziehungsweise erledigt, aber *geschaffen* wird damit nichts, denn dergleichen wäre schon viel zu verwegen.

Aber *was* erreicht wird beziehungsweise erledigt oder auch nicht, das wird genauestens registriert, von unzähligen Augen hinter unzähligen Gardinen, und wer, sagte der Webermichel in einer dieser Nächte, als er nun allein war in seiner provisorischen Wohnung in Ulm, wer konnte so etwas schon aushalten, die Blicke, die Stimmen, den Sound der schwäbischen Provinz. Nichts gegen deine Mutter und nichts gegen meine und auch nichts gegen unsere jeweilige Verwandtschaft, und gottseidank sind wir ja so schnell wie möglich weg, aber mein liebes Kind, ich sage dir, man nimmt das alles trotzdem immer mit, auch wenn er, der Webermichel, zugeben müsse, daß Letzteres nicht gerade eine taufrische Erkenntnis sei. Aber man werde diese Provinz einfach nicht los, nicht in dreißig Jahren und nicht in zehntausend, weder in Moskau noch in Kuba noch auf den Seychellen, wenn der Webermichel bei dieser Gelegenheit nun einmal *mein* neuestes Lieblingslied zitieren dürfe, und letztlich, sagte er, sei es dann auch schon egal, wo man ist.

Aber wo warst du all die Jahre?
Weg.
Und warum bist du wieder gekommen?
Darum.

So stellte ich keine weiteren Fragen.

Der Webermichel sprach trotzdem noch eine ganze Weile vor sich hin. Und ich lag da, unbeweglich, das Telefon neben meinem Kopf auf dem Kissen, und auch in dieser Nacht klebten die Laken an meiner Haut. Und während es draußen vor den geöffneten Fenstern endlich ruhig wurde und höchstens noch die Nachtzüge nach Moskau die Stille zerschnitten, sank ich ganz allmählich wieder zurück in den Schlaf, das Telefon noch immer am Ohr.

So bin ich nicht ganz sicher, was genau ich noch gehört habe und wessen Stimme zu mir sprach aus der Ferne und über den Abstand von drei Jahrzehnten, nachdem auch ich am Nachmittag nach der letzten Prüfung zum Abitur die Schwäbischen Eisenbahnen bestiegen hatte, irgendwohin, nirgendwohin, denn was ich nun hörte, kam aus einem anderen Jahrhundert und dem Inneren der schwäbischen Provinz.

Mein liebes Kind, hat jemand gesagt, kannst du mich nicht besuchen?

14

*Noch einmal über den Webermichel
sowie über Schlüsselbeine, Knochenbrüche
und schließlich auch über die Liebe*

Und bald, dachte ich in den optimistischen Spätnachmittagsstunden an einem dieser Tage, in denen zumindest noch eine Aussicht auf abendliche Abkühlung bestand, bald werden der Webermichel, der nur eine Stimme war, und ich uns wahrscheinlich auch wieder *sehen*. Er hatte mich ja schon mehrmals eingeladen, zu den Proben und selbstverständlich auch zur Premiere in Ulm, und er würde mich sogar am Bahnhof abholen, wenn ich mit den Schwäbischen Eisenbahnen käme auf der neuen Hochgeschwindigkeitsstrecke von Stuttgart, die Teil der sogenannten Europamagistrale von Paris nach Budapest ist, und von Ulm aus, sagte der Webermichel lachend, seien es nur noch etwas über dreiunddreißig Stunden nach Moskau und fünfunddreißig nach Petuschki, was aber nicht heiße, daß wir von Ulm nicht auch nach Meckenbeuern oder in das biotechnologische Biberach weiterfahren könnten, falls ich das unbedingt wollte, nur leider eben nicht nach Durlesbach bei Bad Waldsee am Rande des Allgäus, denn der Bahnhof dort sei lange schon stillgelegt. Ansonsten würde er sich jedoch freuen, wenn ich einfach ein paar Tage bliebe, und ich sei ihm willkommen in seiner Wohnung, die zwar äußerst provisorisch sei, aber günstig liege, unweit des Münsters und gleich beim städtischen Theater. Und natürlich sagte ich zu, daß ich komme, wird ja, ergänzte ich, wirklich auch einmal wieder Zeit, daß ich mich auf den Weg mache, nicht nur wegen der Schwäbischen Eisenbahnen, sondern vor allem wegen dir, und noch in derselben Sekunde war ich überrascht und geradezu erschrocken, wie entschlossen das klang.

Wie komme ich denn jetzt auf einmal dazu, den Webermichel besuchen zu wollen? Was habe ich denn mit dem zu tun?

Aber erst in der Nacht zuvor hatte ich sogar noch einmal bestätigt, daß ich ihn bald besuchen würde, in aller Freundschaft, versteht sich, warum denn nicht?, ich könnte, dachte ich, doch einfach einmal nach Ulm reisen, das war vielleicht sogar noch besser, als für eine Weile ins Kloster einzutreten respektive in die sozialdemokratische Partei. Auch wenn ich durchaus nicht wußte, was dann geschehen würde in Ulm. Der Webermichel und ich, wir taten ja nur so, als seien wir einander vertraut, zwei Blinde waren wir, die behaupteten, sich schon einmal gesehen zu haben, und dabei ist es noch nicht einmal sicher, ob wir uns überhaupt erkennen würden, und womöglich laufen wir aneinander vorbei.

Was ist, dachte ich, übrig von den Körpern und von den Gesichtern eines jungen Burschen und eines ebensolchen Mädchens nach über dreißig Jahren?, so gut wie keine einzige Zelle ist mehr übrig, so sieht das nämlich aus.

Das Blut, die Haut, die Knochen, alles neu, nur daß die funkelnagelneuen Knochen dann trotzdem wieder die gleichen Bewegungen machen wie die alten. Und dann erkennen wir einander vielleicht doch, dachte ich, nämlich daran, daß wir beim Gehen eventuell noch immer mit den Armen schlenkern oder ein wenig hinken beziehungsweise hinken wir inzwischen wahrscheinlich sogar außerordentlich stark. Was diejenigen, die unserer nach langer Zeit ansichtig werden, dann reichlich erschreckt, so daß sich wiederum deren Nachfolgestirn in noch tiefere Falten legt als die Vorgängerin, ja, darüber konnte ich mir jetzt noch stundenlang Gedanken machen, aber wozu sollte das schon gut sein.

Denn was war nun eigentlich mit dem Webermichel? Und was war zum Beispiel mit seinen Schlüsselbeinen, die mir einmal außerordentlich gefallen hatten, und an die ich mich ziemlich gut erinnerte, auch wenn sie sich von mir aus inzwischen schon soundso oft erneuert hatten?

Keine Ahnung, was mit dem Webermichel ist. Was soll mit dem Webermichel sein?

Immerhin haben wir dereinst alle recht viele verschiedene Schlüsselbeine kennengelernt und natürlich auch die dazu gehörigen Häute, deren Zellen anders als die der Schlüsselbeine, die immerhin zehn Jahre überdauerten, schon nach drei oder vier Wochen nicht mehr dieselben waren, und vielleicht hatten wir sie dann schon wieder vergessen. Der Webermichel, dachte ich, kann sich meiner Haut ganz sicher nicht mehr erinnern, so wenig wie ich mich übrigens der seinen, geblieben war nur die Erinnerung an seine Schlüsselbeine, welche die Schultern mit jedem Schuljahr weiter auseinander zu spannen schienen, so daß diese maskulin wurden und breit, und damals hatte ich gedacht, ich sehe, wie ein Vogel allmählich zu einem Mann wurde.

Wie wir hingegen miteinander umgegangen waren und was wir voneinander gewollt hatten, als wir noch nicht einmal zwanzig Jahre alt waren, dort hinten in der schwäbischen Provinz, die Fragen, die wir hatten und die Wünsche, die Aufregungen, die Zärtlichkeiten, die Schmerzen, das Glück, ob wir zögerlich waren oder entschlossen, sachlich oder versonnen, leidenschaftlich oder gleichgültig, das alles war verschwunden. Und wichtig war es auch nicht mehr, und vielleicht war es auch nicht mehr wahr, was konnten wir davon überhaupt noch wissen, womöglich, dachte ich, wußte der Webermichel ja noch nicht einmal mehr, daß er meine Haut überhaupt jemals berührt hat, und je länger ich nachdachte, begann auch ich ein wenig daran zu zweifeln.

Woran erinnerst du dich?
Ich erinnere mich an deine Stimme.
Das glaube ich nicht, das stellst du dir nur so vor. Und was ist mit der Zecke, die ich einmal im Bauchnabel hatte, nach einem Nachmittag auf dem Boden unter den Bäumen, bei uns in der Heimat, in der schwäbischen Provinz?
Unsinn, wir waren doch niemals miteinander im Wald! Aber vielleicht können wir das demnächst nachholen, bald, wenn du mich besuchen kommst in Ulm.

Und das Gehirn, was ist mit deinem Gehirn?
Moment, ich muß nachdenken. Ich fürchte jedoch, mein Gehirn erinnert sich nicht an sich.

Jedenfalls hatten wir, auch für den Fall, daß wir doch im Wald gewesen waren, einander ja nicht mehr gesehen, und wie schnell hatten wir uns verändert, die Haare wuchsen wie sie nur konnten, die Knochen mutierten stetig vor sich hin, und längst waren nun auch die Hände nicht mehr dieselben, noch während mich der Webermichel gestreichelt hatte, starb und erneuerte sich alles in höllischer Geschwindigkeit. Und nachdem wir uns gerettet hatten in die großartigsten Städte, fanden die Hände bald andere Häute und umgekehrt natürlich auch, ein Leichtes war das, eine Selbstverständlichkeit, auch wenn wir uns vor Schmerz manchmal kaum rühren konnten und unsere Haut fast platzte. Aber dafür waren wir frei, frei bis auf die Knochen, und ansonsten war das Glück der Einzelnen *eine* Sache und das des Großen beziehungsweise wenigstens des Kleinen Ganzen eine andere, und es war nun einmal einfach so, daß wir unsere Geliebten miteinander teilten genau wie unsere Wohnungen und unsere Mäntel und unser täglich Brot, Amen.

Und auch wenn die Geliebten erschienen und wieder verschwanden wie die wilden Wetter, blieben wir niemals allein, nicht an den Küchentischen, nicht in den Badewannen und nicht auf den Kissen auf unseren Fußböden, wo wir uns stritten wegen der Weltrevolution oder wegen des gemeinschaftlichen Putzplans, aber ohnehin war das für uns alles eins. Heute, dachte ich, sind wir zwar vorbildlich vereinzelte Individuen, und selbst von meiner Nachbarin, der Frau Christ, die das kleine Hündchen besaß, hatte ich nun im Treppenhaus schon eine ganze Weile nichts mehr gehört, aber jahrelang waren wir ganz und gar aufgegangen in irgendeiner Gruppe, einer Gemeinschaft, einer Kommune, einem studentischen Kollektiv, und wir hatten uns ineinander festgekrallt, wie junge Hunde in ihren Fellen, damit wir nicht verlorengingen in der Welt, und so lagen wir nachts auf unseren Matratzen, und darüber, daß meistens jemand neben uns lag, waren wir fast immer froh, manchmal waren wir es aber auch nicht.

Die Liebe, das war eine Versuchsanordnung, ein einziges Experiment. Wir haben ausprobiert, was ging.

Inzwischen war sie uns jedoch nun schon vor längerer Zeit gänzlich abhanden gekommen, obwohl wir uns vom Großen Ganzen längst verabschiedet hatten zugunsten des privaten Glücks. Aber auch die, die uns endlich nahe gekommen waren, hatten wir verloren, nachdem wir schließlich doch sogar über Jahre bei ihnen geblieben waren, um neugierig, überrascht, beglückt, entsetzt zuzusehen, wie wir durchlässig geworden waren für fremde Stimmen und fremde Gesten und auch für die Zerstörungen der Zeit.

Und dann waren unsere Geliebten irgendwann einfach nicht mehr da, waren ganz langsam hinausgerutscht aus unserem Leben, und es hatte keine Gesten mehr gegeben und keine Stimmen. Die Haut, die wir gestreichelt hatten, erneuerte sich und unsere eigene Haut starb ab, heimlich hatte sich alles verändert, die Körper, die wir kaum mehr erkannten, die Wünsche, das Verhältnis zur Welt. Zuerst hatten wir das gar nicht richtig bemerkt, und dann hatten wir es nicht wahrhaben wollen, aber es waren da nun keine Schmerzen mehr, keine Aufregungen, kein Glück. Wenn man nur wüßte, dachte ich, warum und wohin die Liebe verschwunden ist, irgendwohin oder vielleicht sogar nirgendwohin, in jedem Fall war sie immer anderswo, in Moskau zum Beispiel, davon war ja zumindest Olga überzeugt, und mittlerweile befürchteten wir das eigentlich auch.

Aber wie können wir leben, wenn wir uns nicht aufgeben in Zärtlichkeit.

Moskau jedoch war leider wirklich sehr weit weg, über dreiunddreißig Stunden von Ulm, zumindest mit den Schwäbischen Eisenbahnen, und dennoch sollte wieder von der Hoffnung geredet und ein neues Lied gesungen werden, von Seifenblasen und von frühlingshaftem Grün und vom Fortfahren ohnehin, in diesem Fall eben nach Ulm.

Vielleicht hatte sich die Liebe ausgerechnet dorthin zurückgezogen, warum nicht, denn irgendwo mußte sie schließlich geblieben sein, was ich bald merken würde, falls ich tatsächlich führe, und wahrscheinlich sollte ich wirklich fahren, womöglich sogar gleich dann, wenn ich mit meiner Übersetzung soweit sein würde. Ich könnte sie dem Webermichel sozusagen persönlich vorbeibringen, na, was hältst du von diesem Plan?, hatte ich ihn in der Nacht zuvor gefragt, und tatsächlich hielt der Webermichel davon recht viel.

Am liebsten, sagte er, würde er sich gleich auf den Weg zum Bahnhof machen, er sehe sich schon im Laufschritt, mit wehenden Rockschößen und dem Ungestüm eines jugendlichen Liebhabers, was ich allerdings reichlich theatralisch fand, vor allem wegen dieses angeblichen Gehrocks, aber sofort fügte er hinzu, daß er sicher gleich außer Atem käme und riskiere, vor lauter Aufregung am Ende womöglich sogar slapstickhaft zu stolpern, und natürlich mußte ich da lachen.

Denn ich malte mir aus, wie der Webermichel, der meine Mutter noch gekannt hatte, von seiner provisorischen Wohnung in Ulm in Richtung Bahnhof rannte, weil, dachte ich, dort mit Hilfe der Schwäbischen Eisenbahnen gleich sowohl die Vergangenheit erscheinen würde als auch die Zukunft, und zwar beide in Gestalt von mir.

Und dann, dachte ich, lief der Webermichel direkt hinein in ein elendes Durcheinander, ins Chaos der Bedeutungen, denn um was ging es nicht alles bei der Liebe?, die vorletzte der Hoffnungen und der letzte Ausgang hienieden, den wir gerade noch erwischen können, vor dem Wiedereintritt in die Katholische Kirche oder in irgendeinen anderen Verein zur Förderung der Glückseligkeit, dann aber nicht mehr auf Erden, sondern bereits im Jenseits.

Im Diesseits jedoch kann wahrscheinlich kein Mensch einfach zum Bahnhof gehen und irgendeinen anderen abholen, denn dort herrscht doch schon immer ein ungeheuerliches Gedränge: von Verlockungen, von Versprechen, von Wünschen. Das ganze bisherige Leben ist im Spiel, die flauschige Abhängigkeit der frühesten Jahre, die Mutter, der Vater, die gesamte Kindheit, alles, was falsch lief, und alles, was seither fehlt, und was es sonst nirgendwo mehr gibt, noch nicht einmal mehr in den abgelegensten Provinzen. Wärme und Rausch, Einfachheit und Taumel, Wahrheit und Vision, die heilige Nähe der Körper und die kosmische Weite des Raums, und natürlich die Vorstellungen von irgendeiner Heimat und vom Urzustand, der plötzlich wieder erreichbar scheint, auch wenn die Welt zusammenbrechen wird, und das sogar mit allergrößter Gewißheit.

Aber das ist dann völlig egal, denn in der Liebe wird die Welt ohnehin restlos vernichtet, ebenso wie die Zeit, wenn der Webermichel zum Bahnhof rennt, verschwinden diese letzten dreißig Jahre endgültig, und alles geht wieder von vorne los, oder in der Mitte, oder am Schluß, wir können lieben, bis wir hundert sind und noch weit darüber hinaus, und wir können auch zurückgehen irgendwohin, nirgendwohin. Und endlich gehören uns alle Zeiten, die schon vergangen sind, und die, die noch kommen, die Umstände haben sich geändert und die Körper, aber auf eine merkwürdige Art und Weise sind die Beteiligten auf einmal doch stets dieselben, und dieses eine Mal werden sie das auch für immer sein.

So besteht der leicht begründbare Verdacht, daß wir einander vertrauen dürfen und sich die Nähe aus der Vergangenheit in die Zukunft verlängern würde und wir schließlich doch noch irgendwo anknüpfen könnten und nicht alleine dastünden in diesem elenden Hierundjetzt. Deshalb behaupten wir trotzig, daß wir eine gemeinsame Geschichte haben, auch wenn sie lange zurückliegt, und vielleicht hat sie noch nicht einmal stattgefunden. Aber auch das ist egal, Hauptsache, wir glauben daran, und zudem glauben wir dann womöglich doch noch an den Bestand dessen, was Menschen verbindet, und damit an die Ewigkeit.

Vielleicht, dachte ich, sollte der Webermichel auf dem Bahnhofsvorplatz in Ulm dereinst einfach weiterrennen, damit alles für immer offen bleibt und alles für immer anfängt, er sollte rennen bis zum Jüngsten Tag, immer um den Bahnhof herum, in einer endlosen orbitalen Kurve, rulla, rulla, rulllalah, rulla, rulla, rulllalah, und die Armbanduhren funkeln, und die Zähne von russischen Mädchen blitzen, und ewig lacht dann der Himmel über Ulm.

Auf Erden hingegen würden der Webermichel und ich ansonsten früher oder später in Panik geraten, und wir würden uns fürchten vor unseren Augen und vor unseren Nasen, die sich, wenn wir einander zu nahe kommen, schlimmer verformen, als es selbst zwei- oder dreimal dreißig Jahre vermochten. Und dann würde die

Geschichte weitergehen, mit allem, was wir schon kennen, und über die Liebe wissen wir leider bereits viel zu viel, und dann kommen die Strategien der Ratgeber, die Sprache der Frauenzeitschriften und die Diskurse der Psychologie, aber wer will schon enteignet werden durch vorfabrizierte Reden und Reaktionen, die sich aber einstellen würden, ob wir wollten oder nicht.

Der Webermichel jedenfalls konnte, dachte ich, unter diesen Umständen tatsächlich nur stolpern, und ich sah, wie er durch Ulm rannte, auch wenn ich von seiner gegenwärtigen körperlichen Erscheinung ansonsten nicht die geringste Ahnung hatte und noch nicht einmal wußte, ob er noch Haare hatte oder keine. Dann sah ich aber auch, wie er strauchelte, und schon fiel er samt Gehrock vor dem Bahnhofsportal über seine Füße, weshalb ich ihn am Telefon sogleich dringend warnte und ihn ermahnte, daß er vorsichtig sein solle: Fall bloß nicht über deine Füße!, sagte ich, Knochenbrüche im fortgeschrittenen Alter sind kein Spaß, und zudem möchtest du doch sicher nicht, daß ich dich ausgerechnet daran erkenne, wie du fällst.

Jetzt mußte auch der Webermichel lachen, und er erklärte feierlich, daß ihn die Aussicht, vor mir zu Fall zu kommen, zwar aufs äußerste schrecke, er aber entschlossen sei, diesem Schrecken mutig ins Auge zu blicken, ebenso wie der Aussicht auf einen komplizierten Oberschenkelhalsbruch und auf die daraus merkwürdigerweise fast automatisch resultierende Lungenentzündung, die nicht nur unzählige alte Damen über siebzig, sondern angeblich auch immer mehr jugendliche Herren über fünfzig dahinraffe. Dies alles sei zwar gefährlich, aber es treibe ihn nun einmal die Neugier, auf meine Übersetzung ebenso wie auf mich, die ich ja meinerseits auch für ihn nur eine Stimme sei. Aber dann würde ich mich in einen leibhaftigen Menschen verwandeln, und kaum später würden die *Drei Schwestern* in meiner Übersetzung schließlich zum ganz großen Erfolg in Ulm, und besser könnten die Zukunftsaussichten wohl kaum sein, lang konnte es jetzt wohl nicht mehr dauern, ich müßte mit meiner Arbeit doch eigentlich schon fast am Ende sein, was ich sogar bestätigte, denn daran, daß ich hätte fertig sein *müssen*, bestand leider nicht der geringste Zweifel.

Selbstverständlich jedoch auch nicht daran, daß ich es unbedingt versuchen wollte. Mit der Übersetzung und mit Ulm, und womöglich auch mit dem Webermichel. Vielleicht, vielleicht auch nicht.

ZWEITES BUCH

REFRAIN

15

*Über Wörter und
über Schellackplatten sowie darüber,
was in der historischen Rückkopplungsschleife
dann geschah*

Aber was dann geschah, war, daß ich einfach nicht wußte, welche Wörter ich meinen drei Schwestern geben sollte.

Was diese Wörter betraf, so war ich nun schon Wochen im Verzug, und ich hatte noch nicht einmal den ersten Satz, nämlich den von dem Vater, der verstorben war, genau vor einem Jahr und zwar am 5. Mai, was übrigens auch ungefähr der Tag gewesen sein mußte, an dem mir der Webermichel nun diesen Auftrag erteilt hatte, und gleichzeitig war das wahlweise der Namenstag beziehungsweise der Geburtstag Irinas, je nachdem, wie ich das übersetzen würde, aber noch nicht einmal das vermochte ich bislang zu entscheiden. Dabei war nun schon Ende Juli, und es nahte der Tag der Himmelfahrt Mariens, an dem der Sommer schon wieder zu Ende sein würde, und der gleichzeitig *mein* Geburtstag war, und wer wußte, was danach kam, ja, wenn man das nur wüßte.

Wenn man es nur wüßte, wenn man es nur wüßte, ja, ja, das immerhin weiß jeder, das ist der allerletzte Satz in dieser ganzen – jawohl: *Komödie* mit dem Titel *Drei Schwestern,* die manche für ein empfindsames Drama halten, obwohl sie aus lauter absurdem Gerede besteht.

Und Olga wiederholt diesen Satz dann schon zum soundsovielten Male, so daß sich das inzwischen anhört, als hinge auf einer Schellackplatte die Nadel in der Rille fest, und inzwischen kennt diese Wendung noch die letzte Hausfrau in Ulm mindestens genauso gut wie das Lied von den Schwäbischen Eisenbahnen, weshalb ich *diesen* Satz nun wirklich nicht neu zu übersetzen brauchte, wobei ich soweit ohnehin noch lange nicht war.

Kommen *mußte* jedoch auf jeden Fall die Premiere am Ulmer Theater. Im Moment war dort noch Sommerpause, der Webermichel hatte aber bereits davor mit den Proben begonnen, notgedrungen mit einer alten Übersetzung aus den 1960er Jahren. Unmittelbar nach der Rückkehr des Ensembles aus den Ferien benötigte er jedoch dringend den endgültigen Text, einmal abgesehen davon, daß dieser fliegende Wechsel der Übersetzungen und der Bücher ohnehin nur zu einem vollständigen Chaos führen konnte, und ich wußte wirklich nicht, wie ich das schaffen sollte und warum mir nichts gelingen wollte.

Jedes einzelne Wort, im Deutschen nicht weniger als im Russischen, erschien mir merkwürdig und fremd, *ich bin* zum Beispiel, allein das ist doch schon eine seltsame Formulierung, die das Russische nicht kennt. Das Verb *sein* fehlt, und übrig, dachte ich, bleibt ein Subjekt und ein Zustand: *Ich – verzweifelt. Ich – glücklich. Ich – verloren.*

Oder all diese russischen Gegenstände. Auf die man sich nicht verlassen kann, weil auch das Verb *haben* nicht existiert, und Artikel gibt es übrigens auch nicht. Irgendwie sind die Dinge manchmal einfach da, aber nur für einen Moment, und dann sind sie womöglich verschwunden, *bei mir – grüner Gürtel,* und schon ist er auch wieder weg, irgendwohin, nirgendwohin. Und vielleicht ist er dann bei dieser Natascha, aber eigentlich *ist* er ja gar nicht: *grüner Gürtel – verloren.* Nicht schön, dachte ich, aber auch nicht zu ändern. Verloren war allmählich ohnehin jede Form, nicht nur dieses, sondern auch aller anderen Sätze, so wie Gesichter ihre Form verlieren, wenn die Augen ihnen zu nahe kommen, und dann blieben schon von den ersten Zeilen nur *Birken, Vater, ausgeschlagen, tot* – und was sollte ich mit diesen Wörtern nun anfangen?

Es hat sich, dachte ich, inzwischen schon überall herumgesprochen, daß Übersetzen eine unmögliche Tätigkeit und Sprache das unsicherste Material ist, das es gibt, ständig entziehen sich einem die Wörter und die

Sätze und die Texte als Ganze ohnehin. Und letztlich kann man einer anderen Sprache genausowenig nahe kommen wie einem anderen Menschen, auch wenn sich das alle noch so sehnsüchtig wünschen mögen, die Birken und die Väter und auch die Sehnsucht selbst sind in den unterschiedlichen Sprachen einfach nicht auf einen Nenner zu bringen, genausowenig wie am Ende wahrscheinlich der Webermichel und ich.

Aber wer wollte so etwas schon wahrhaben, daß weder die Wünsche noch die Wörter ineinander aufgehen konnten, der Webermichel zum Beispiel ganz sicher nicht. Zumindest nicht, was die Wörter betraf, aus denen die *Drei Schwestern* bestanden, denn da brauchte er klare Sätze mit Birken und mit Vätern und mit Sehnsucht, und er brauchte einen Text mit Anfang, Mittelteil und Schluß, den ich ihm auch wirklich gerne liefern wollte.

Deshalb blieb ich sitzen und starrte weiter unaufhörlich auf mein Manuskript, das noch immer aus nichts bestand, als aus ein paar wenigen Notizen.

Indessen klebte mir den ganzen Tag Schweiß auf der Stirn, mit Durchzug in der Wohnung oder ohne, und selbst gegen das wenige Licht, das ich noch ins Zimmer ließ, wurden meine Augen von Stunde zu Stunde empfindlicher, so kam es mir jedenfalls vor, weshalb sich, dachte ich, auch mein Augenarzt, der Doktor Kammerer, Wolfgang, sowie der allgemeine Fortschritt der Wissenschaft, von dem dieser gesprochen hatte, nun sputen mußten. Sonst ereilte mich das Schrotflintengesichtsfeld oder gar der für sehr viel später angekündigte Tunnelblick noch vor der Premiere in Ulm, und im Moment war jedenfalls wirklich alles gegen mich:

die Hitze in Westeuropa, das Licht des Sommers, die Augen, die Wörter, die Gegenstände, und wahrscheinlich waren es auch die Russen selbst, mit denen man sich bekanntlich nicht ungestraft einläßt.

Womöglich ging es um irgendeine Art von Rache, auch wenn ich nicht wußte, wofür, denn ich hatte den Russen doch bestimmt nichts getan, im Gegenteil, und ich konnte gerne noch einmal versichern, daß ich weder in Stalingrad gewesen noch jemals Richtung Moskau marschiert war, und auch für die Zukunft keine entsprechenden Absichten hatte. Nach Moskau!, ja, das schon. Aber doch nicht zu Fuß und schon gar nicht in Stiefeln! Sondern natürlich mit den Schwäbischen Eisenbahnen oder von mir aus auch mit der Aeroflot, was fast das gleiche war, nur in anderen Dimensionen. Zuvor jedoch mußte ich wirklich noch diese Übersetzung abliefern, vier Akte, jede Menge Szenen, vierzehn Personen und schätzungsweise über neunzig Seiten Manuskript, wovon der Webermichel anschließend über die Hälfte streichen würde, und ich mußte von der Zukunft schreiben und von der Hoffnung, und vor allem davon, daß dann absolut nichts geschieht.

Nichts, wirklich gar nichts wird bei Tschechow besser, und es wird auch nichts mit Moskau, nichts mit der Liebe, nichts mit der Arbeit und schon gar nichts mit dem Glück. Weit und breit kein starker Sturm, der, wie dieser Baron Tusenbach ankündigt, wegbläst alle Faulheit, Gleichgültigkeit, alle Vorurteile gegen die Arbeit, die träge Langeweile. Vielmehr ist alles, was in den *Drei Schwestern* geschieht, zwischendurch eine kleine Feuersbrunst in der Nachbarschaft, und die ist ebenfalls kaum der Rede wert.

Ansonsten hängen die Prosorows noch immer fest in der Provinz, und dort wird das Leben schließlich noch öder als zuvor. Denn das Militär wird verlegt in eine noch abgelegenere Gegend, nämlich weit weg ins Königreich Polen, der Oberstleutnant Werschenin, den Mascha liebt, rückt ab, Tusenbach, der Verlobte Irinas, wird einen Tag vor der Hochzeit im Duell getötet, für Olga, die alte Jungfer, ist ohnehin alles zu spät, Andrej versauert als Bettvorleger dieser Natalja, wird statt Professor nur Provinzbeamter, und dann verspielt er auch noch das familiäre Erbe. Ein Elend ist das alles, wirklich kaum zu fassen, oder wie Mascha sagt: Das Leben ist so schön, doch unseres wird daneben gehen. Aber gleichzeitig schwadronieren die Schwestern bis zum Schluß weiter. Von der Zukunft. Von der Hoffnung. Und davon, wie wunderbar einmal alles werden wird.

Es ist nicht mehr unbedingt ein ewiges Tschilpen und Piepsen und Flöten, aber wenigstens behaupten sie, daß die Musik so fröhlich und so munter spiele, und Kuchen gibt es sicher auch, und jetzt, am Ende, haben sie dort Herbst, bald kommt der Winter, der alles mit Schnee zudeckt oder zuschüttet oder verweht, wie immer ich das dann übersetzen sollte. Und Irina wird arbeiten, das erklärt sie steif und fest, ich werde arbeiten, ich werde arbeiten, noch so eine Schellackplatte mit Sprung, während Olga für alle Fälle schon die nächsten Generationen im Blick hat. Man wird uns vergessen, sagt sie, wird unsere Gesichter vergessen, unsere Stimmen und wie viele wir waren, aber unsere Leiden werden sich in die Freude derer verwandeln, die nach uns leben, und Glück und Friede werden anbrechen auf Erden, und so spricht sie immer weiter, ein bißchen wie der Webermichel in den Nächten in seiner provisorischen Wohnung in Ulm, sie spricht, als wüßte sie es nicht längst besser, mindestens so gut wie wir.

Ja hört das denn nie auf!, die Sache mit der Zukunft und mit der Hoffnung, nein, es hört einfach nicht auf. Da capo al fine, ein ewig wiederkehrender Refrain, und so langsam machte mich das doch etwas mißmutig, um nicht zu sagen: Es ging mir wirklich auf die Nerven.

Wenn man es nur wüßte, wenn man es nur wüßte, *ich* wußte doch, was geschieht, nämlich, daß dann der Petersburger Blutsonntag kommt, schon im Januar 1905, und wenig später der Oktober 1917 und mit ihm tatsächlich ein starker Sturm, um es genau zu sagen: der Sturm auf den Winterpalast in St. Petersburg. So stürmt es fast unaufhörlich weiter, und schließlich naht der 22. Juni 1941, und dann marschieren auch unsere Großväter nach Moskau.

Meine drei Schwestern sind da Mitte sechzig, was schließlich noch kein Alter ist, und sie können froh sein, wenn sie nicht in Moskau, sondern woanders sind, am besten ganz hinten in Sibirien, wo die Großväter jedoch ebenfalls wieder auftauchen, allerdings als Gefangene, und dann gehen sie zu Fuß zurück, bis in die schwäbische Provinz. In diesem Fall ist das allerdings schon alles, was wir wissen, und schon kam auch ich nicht mehr weiter, genauso wenig wie mit meiner Übersetzung selbst.

Wenn man es nur wüßte, wenn man es nur wüßte, alles wissen wir eben doch nicht, noch nicht einmal hinsichtlich unserer eigenen Vergangenheit, die nichts anderes ist als die Zukunft unserer drei Schwestern, und ich hätte sogar behaupten können, daß wir im Dunkeln tappen, jedoch kann sich, wer ein reales Augenleiden hat, solche Metaphern noch weniger leisten als andere.

Aber auch wenn wir nicht sagen können, was dann geschieht, mit den paar Vorfahren die wir haben, und schon gar nicht, was sie womöglich alles anrichten, so ahnen wir doch, daß wir uns hüten sollten, vor ihren Hoffnungen und vor ihren Vorstellungen vor der Zukunft, mit denen wir noch lange zu tun haben werden, obwohl wir davon nichts wissen und noch nicht einmal etwas davon merken.

Sicher ist jedoch, daß unsere Großväter auf einmal zurück sind, irgendwoher, nirgendwoher, und mein Großvater wird wieder Schreiner in der schwäbischen Provinz, und eines Tages stehen unsere Väter, die nun bereits tot sind seit Jahren, und auch unsere Mütter, vor Wänden und Sofas in den optimistischsten Farben.

Aber auch ihre Leiden verwandeln sich nicht in die Freude derer, die nach ihnen leben. Vielmehr geben sie ihre Erbkrankheiten weiter sowie ihren ebenfalls unausrottbaren Glauben an den Fortschritt, der nicht zuletzt diese Erbkrankheiten besiegen soll, und auch der Doktor Kammerer, mein Augenarzt, glaubt fest daran. Als wüßte er nichts von unheilbaren Übeln und von der Vergeblichkeit von Utopien. Anders als der Dr. med. Tschechow, der weiß, wie aussichtslos unsere Existenz ist, weil er Blut spuckt, während er schreibt, und auch als der Militärarzt Tschebutykin, der das Haus Prosorow bis ganz zum Schluß mit seiner Anwesenheit beglückt und ebenfalls nicht aufhört zu reden.

Tarabumdia, lallt der Doktor Tschebutykin, wie sitze dumm ich da, und alles ist egalala!, schnurzwurstegalala!

Wenigstens diesen Satz, den vorletzten des Stückes, hatte ich nun.
Rulla, rulla, rulllalah, rulla, rulla, rulllalah.

Obwohl mir nicht ganz klar war, wie diese Aussage wiederum einzuordnen war in diese historischen Rückkoppelungsschleifen und in die Verschlingungen von Zeit und Raum, hatte ich sie schon einmal in eine endgültige Form gebracht, und zwar mit aller gebotenen Frische, und wenn nun wieder das Telefon klingelte und der Webermichel fragte, wie es denn wohl ginge, und ob ich doch hoffentlich gut vorankäme, sagte ich selbstverständlich, jaha, ist doch wohl klahar!

16

*Über die Segnungen der Sozialdemokratie
sowie über Faltenröcke und Speckhosen*

Sozialdemokratische Lehrerinnen und Lehrer!, dachte ich, ich bin sicher, auch ihr könnt mich hören, es hören mich sogar meine drei Schwestern, und je länger ich darüber nachdenke, was geschehen ist, und je mehr mir davon wieder in den Sinn kommt, desto dringender muß ich euch sprechen in euren grandiosen 1970er Jahren voller Seifenblasen und frühlingshaftem Grün, in denen ihr herumsitzt in euren Lehrerzimmern und Raucherecken und darüber diskutiert, was zu tun ist, für euch, für uns, vor allem aber für das Große Ganze.

Ich kann euch nämlich sagen, was zu tun ist, und auch, was dann geschieht, als langjährige Klassensprecherin bin ich geradezu verpflichtet zum Austausch und zum Dialog, und vielleicht bleibt ihr, wenn ich euch verrate, wie es weitergeht, lieber sitzen und raucht und besprecht das alles noch einmal. Aber wenn nicht, dann müßt ihr jetzt gleich los, die große Pause ist vorbei, es hat geklingelt zur nächsten Stunde, und ihr müßt euch beeilen, denn auch ihr habt nicht mehr viel Zeit, diese Stunde und die danach, und dann noch nicht einmal mehr ein ganzes Jahrzehnt.

Die alten Nazis sind nach Hause gegangen, sie sitzen gemütlich in ihren Gärten, das ist schön, und noch ist Willy Brandt Bundeskanzler, aber bald sind schon die 1980er Jahre. Es kommen dann wiederum andere an die Macht, und die wollen mit euch nichts zu tun haben und mit uns noch viel weniger. Nur daß sie *euch* nicht so einfach loswerden können wie uns, und es werden lauter überaus reizende Söhnchen und Töchterchen von ebensolchen Vätern und Müttern die ganzen Jahre bis zum Abitur vor euch in den Bänken lauern. Anders als wir duzen sie euch zwar nicht, aber dafür machen sie euch klar, worauf sie Anspruch haben, nämlich auf die jederzeit absolut korrekte Lieferung eurer pädagogischen Dienstleistungen und auf einen Unterricht exakt nach Plan.

Ja, ihr werdet sehen, das geht schneller, als ihr denkt, und bis dahin müßt ihr arbeiten, darin allein besteht euer Glück, eure Wonne, der Sinn und das Ziel eures Lebens, und ihr müßt wenigstens *uns* noch erretten, vom Schicksal und von unserer ungünstigen Geburt. Ihr habt jetzt die einmalige Gelegenheit, auch aus *uns*

Bildungsbürgerinnen und Bildungsbürger zu machen, obwohl das natürlich eine seltsame und ohnehin nicht mehr ganz neue Erfindung ist, diese Sache mit dem Bildungsbürgertum und mit der Vernunft und dem Eigenwillen und der Verantwortung für sich selbst.

Aber was soll man machen? Wenn kein Gott mehr da ist, der Versprechungen geben könnte, für die Zukunft und für das Glück.

Was uns betrifft, so schwören wir jedenfalls, daß wir uns bis dahin noch nie ein einziges bildungsbürgerliches Coffeetablebook angesehen haben und auch keine klassizistischen Statuen, geschweige ein Theaterstück von Lessing. Vielmehr haben Generationen von Bildungsbürgern Generationen unserer Verwandtschaft eingeschüchtert, mit ihrem kultivierten Gehabe und ihren Kenntnissen in Griechisch und Latein. Ururgroß-, Urgroß-, Groß- und auch unsere eigenen Eltern, über zweihundert Jahre lang haben Bildungsbürger sie eingeschüchtert in einer, immerhin ununterbrochenen!, Einschüchterungskette, und niemals hat auch nur ein einziges Mitglied aus meiner Familie oder aus der des Webermichel einem Bildungsbürger gerade in die Augen geschaut.

Jetzt aber könnt ihr dafür sorgen, daß auch mit uns die unglaublichsten Dinge geschehen, um nicht zu sagen: Wunder, und alles wird sich für uns ändern. Und wenn es zur nächsten Stunde geklingelt hat, sitzen wir da, das moralische Gesetz in uns und den gestirnten Himmel über uns, und wir warten auf euch, im Halbkreis und mit den Füßen auf dem Tisch.

Wir wissen selbst nicht so recht, wie wir hierher gekommen sind, und ob daran jetzt ebenfalls Willy Brandt schuld ist, wie an so vielem, weshalb unsere Großväter ihn gar nicht mögen und unsere Väter ebensowenig, anders als unsere Mütter, die dazu jedoch nichts zu sagen haben, wiederum nach Meinung unserer Großväter und natürlich auch unserer Väter.

Aber vielleicht war es auch gar nicht Willy Brandt, der uns hierher gebracht hat, beziehungsweise die sozialdemokratische Partei, aber wer denn eigentlich dann? Na vielleicht einfach unsere überragende Intelligenz, ihr Idioten, auf jeden Fall nicht unser Gestank nach Geld, mit dem *ihr* hier die Luft verpestet, und damit meinen wir natürlich nicht *euch*, liebe sozialdemokratischen Lehrerinnen und Lehrer, sondern diese paar Gestalten, die neben uns sitzen und Stöcke verschluckt haben und sich angeekelt von uns wegdrehen, denn sie meinen, im Gegensatz zu ihnen hätten wir in dieser höheren Bildungsanstalt grundsätzlich nichts zu suchen.

Wir kennen sie schon aus der Grundschule, und schon damals konnten wir sie nicht leiden, diese Mädchen mit ihren gebügelten Faltenröcken und diese Buben mit ihren Kniehosen aus dickem, speckig-glänzendem dunklem Schweinsleder, während *unsere* Buben kurze Sepplhosen trugen aus rauhem, hellgrauem Leder, und als Mädchen trugen wir Röcke mit Gummizug, welche die Mütter nicht bügeln mußten, und der Webermichel hat manchmal sogar aus den kurzen Hosenbeinen gepinkelt, zur allgemeinen Freude der Mädchen. Nur die mit den Faltenröcken drehten sich schon damals weg, aber unsererseits wollten wir von denen ebenfalls nichts wissen und auch nichts von den

Speckhosen, und unsere Abscheu vor ihnen wird, wie ich hiermit feierlich verkünden darf, für immer und ewig bleiben.

Denn eines ist ja klar: So reich und so blöd!, das haben wir ihnen bereits als Siebenjährige nachgerufen, als natural born Nachwuchsklassenkämpfer, und ich, die zukünftige Klassen*sprecherin*, war der größten Nachwuchsklassen*kämpferinnen* eine.

Aber die Speckhosen und die Faltenröcke haben sich schon damals einfach nicht gerührt, uns nicht ein einziges Mal verprügelt, und noch immer behalten sie stets ihre sogenannte bürgerliche Contenance, denn für alles andere sind sie zu feige.

Rächen werden sie sich später, viel später, und bis dahin schlucken sie jeden Morgen Stöcke, so daß sie von Tag zu Tag innerlich mehr verholzen. Inzwischen wundern wir uns schon, daß sie es überhaupt noch schaffen, sich von uns wegzudrehen, so ganz ohne Gewinde, und die Füße bekommen sie auch nicht auf den Tisch, ob sie wollen oder nicht.

Da sind wir doch bedeutend lockerer, und wir vermögen es nicht nur, die Füße *auf* den Tisch zu legen, sondern sie eventuell auch wieder *herunter*zunehmen, und zwar bald nachdem ihr, liebe sozialdemokratischen Lehrerinnen und Lehrer, endlich in der Klasse erscheint. Und wir werden euch sogar zuhören, und das ist dann das reinste schulische Idyll, außer natürlich, wir haben gerade einen schlechten Tag. Aber dafür ist der nächste vielleicht um so besser, und dann erklären wir euch auch gerne die Welt, und zwar so, wie *wir* sie sehen.

Nicht daß wir allzu diszipliniert wären, nein, das nun wirklich nicht, wir schwatzen während der Stunde, und wir kommen auch ständig zu spät, und manchmal erscheinen wir sogar überhaupt nicht, denn wir haben noch so viel anderes zu tun, wir müssen ja auch noch kiffen, revolutionäre Schriften lesen und Musik hören, daß die Wände wackeln, dafür benötigen wir dringend genügend Zeit, das geben wir alles zu. Und wenn wir doch erscheinen, schwatzen wir natürlich nicht nur miteinander, sondern wir reden auch *euch* in eurem Unterricht ständig dazwischen, und dafür hassen uns nicht nur die Faltenröcke und die Speckhosen, sondern höchst wahrscheinlich haßt uns auch ihr, jedoch unter allergrößter Geheimhaltung, denn als sozialdemokratische Lehrerinnen und Lehrer seid ihr gewissermaßen auf das Dazwischenreden vereidigt.

Also reißt euch ein wenig zusammen, ihr haltet das schon aus, und immerhin sind wir noch wirklich neugierig, und später werdet ihr Neugier so schnell nicht mehr erleben, *uns* jedoch müßt ihr nur ein oder höchstens zwei- oder dreimal sagen, daß die Welt und auch ihr Wissen *uns* gehören und sämtliche Sprachen obendrein. Und dann greifen wir zu und eignen uns kurzerhand an, was immer wir kriegen können, *unser* Latein, *unsere* Mathematik, *unsere* Chemie, *unsere* Kunst, *unsere* klassische Musik und natürlich *unsere* Literatur und dazu noch *unsere* russische Sprache, die wir freiwillig lernen, in unserer Arbeitsgruppe nach Unterrichtsschluß.

Warum?
Darum.

Und auch um es den Großvätern zu zeigen. Und den Bildungsbürgern, die sie eingeschüchtert haben, ohnehin.

In dieser Arbeitsgruppe, in die sich gottlob weder die Speckhosen noch die Faltenröcke verirren, schon weil sie weder im Lehrplan vorgesehen noch auf irgendeine andere Weise einzuordnen ist in den Katalog der zu beanspruchenden Dienstleistungen, da lesen wir auch ein Stück namens *Drei Schwestern* von Anton Pawlowitsch Tschechow. Darin kommt auch eure Kollegin Olga in ihrem blauen Lehrerinnenkleid vor sowie euer Kollege Kulygin, der Mann von Mascha, der allerdings die lächerlichste Version eines Paukers darstellt, und am Ende erwischt es sogar Irina, indem diese ebenfalls Lehrerin wird, so daß man fast meinen könnte, es handele sich bei den *Drei Schwestern* um eine Art berufsspezifisches Soziodrama über Lehrkräfte sowie natürlich über Provinzleutnants und zaristische Militärs.

Daß Letztere nicht nur schwermütig, sondern auch vollkommen nichtsnutzig sind, das merken wir schon selbst, auch wenn ihr hinzufügt, daß diese natürlich dennoch eine Säule des autokratischen Systems sind, und sie beim Petersburger Blutsonntag trotz aller Schwermut doch noch genügend Schüsse abgeben für ihr bißchen Sold.

Was jedoch eure in diesem Stück vollkommen überrepräsentierte Kollegenschaft betrifft beziehungsweise die Aufgaben, die diese zu erledigen hat, so habt ihr nun die Gelegenheit, uns zu erzählen, wie die Aufklärung samt ihrer Idee von Bildung und von Wissen auch die russischen Ränder erreicht. Wie sie Richtung Osten wandert, so wie sich später zuerst die Heldenleiber gen Westen und dann ganze Eisenwalzwerke nach China aufmachen, und wie die wilden Wetter um die Welt ziehen, die Hitzewellen, die Kaltfronten und auch die starken Stürme.

Und längst müssen sich, so erfahren wir, deshalb alle ins Zeug legen und sich anstrengen, wie sie nur können, von der Maas bis Omsk und Tomsk, von Belt und Bug bis an den Borschtsch. Und auch Andrej, Olga, Mascha und Irina, die Kinder des Generals Prosorow, müssen nun modern werden, nachdem Rußland die Intelligenzija erfunden hat, irgendwer, sagt Ihr, muß es schließlich auch in den Hinterwäldern richten, und den Fortschritt stützen und den Staat und das Große Ganze. Und tatsächlich weiß Andrej Bescheid über dies und über das und über das Große Ganze, und er und seine Schwestern sprechen neben Russisch auch Deutsch, Englisch und Französisch, genau wie wir, und Irina spricht dazu sogar noch Italienisch.

Nutzt ihr aber auch nichts, genauso wenig wie dem Großen Ganzen, aber es ist den Kindern des Hauses Prosorow nichts anderes übriggeblieben, als sich zu bilden, Kenntnisse anzuhäufen, Sprachen zu lernen, denn der Vater hat es so gewollt, und die Geschwister, das sagen diese selbst, wurden mit Bildung regelrecht erdrückt. Jetzt aber, nachdem der Vater tot ist, genau seit einem Jahr, sitzt Andrej da, macht Laubsägearbeiten, fiedelt auf seiner Geige, jammert und wird fett, und nichts ändert sich und nichts wird besser, zumindest nicht hier in der Provinz, aber dafür natürlich eines Tages in Moskau, in Moskau, ganz bestimmt.

Recht haben sie, die Kinder des Hauses Prosorow, finden wir, denn in der Provinz zu sitzen, das ist wirklich das Allerletzte, und auch wir gehen ja bald in die Metropolen, und dort werden wir als jeweils erste in unserer Verwandtschaft studieren. Wir denken gar nicht daran, hier im Schwäbischen zu bleiben, Laubsägearbeiten zu machen und fett zu werden, und vor allem der Webermichel, das betont er, so oft es geht, will auf gar keinen Fall in dieser Provinz versauern. Vielmehr redet er schon als Sechzehnjähriger ununterbrochen von New York, wo er groß rauskommen will, wahlweise als Schauspieler, als Regisseur oder als wie auch immer gearteter Held, was alle anderen jedoch albern finden, ja, ja, ein richtiger Weberheld wirst du, da sind wir uns ganz sicher.

Und ehe ihr es euch verseht, liebe sozialdemokratischen Lehrerinnen und Lehrer, ist es auch schon soweit: Wir sind dran, und auch wir müssen uns beeilen, denn wir haben nicht viel Zeit; die Faltenröcke und vor allem die Speckhosen trippeln ebenfalls schon nervös von einem Fuß auf den anderen.

Deshalb können wir nicht lange herumsitzen und darüber diskutieren, was jetzt zu tun ist: Wir wissen, was zu tun ist und haben sowohl Nicolai Tschernyschewskis Roman von 1863 als auch Lenins entsprechende Schrift gelesen, die bekanntlich beide die Frage, *Was tun?*, im Titel tragen. Spätestens seit letztere veröffentlicht wurde im Jahr 1902, weiß sowieso jeder, daß ohne das Bildungsbürgertum nichts mehr läuft, und das Bildungsbürgertum, das sind jetzt: wir.

So sind wir bereit, unsere Posten zu beziehen.

Als Verteidigerinnen und Verteidiger der Zukunft. Und als Stützen der Gesellschaft, die wir radikal umzugestalten geloben nach unserem eigenen Antlitz, und auch wenn wir Aufsteigerinnen und Aufsteiger sind, werden wir trotzdem nie, nie wie diese Natalja Iwanowna mit ihrem grünen Gürtel, die Andrej so blöd ist zu heiraten.

Denn unsere Religion heißt, wie jeder weiß, nicht Egoismus, sondern allumfassende Solidarität, und ihr, ihr lächelt zufrieden herüber aus euren Lehrerzimmern und Raucherecken, wo ihr ansonsten nun angefangen habt, euch immer mehr zu fürchten. Vor denen, die euch inzwischen gnadenlos siezen und die euch den ganzen Tag vorführen, wie überlegen sie sich euch gegenüber fühlen.

Deshalb setzt ihr nun eure letzte Hoffnung auf uns.

Schade ist nur, daß man uns dann doch nicht so recht läßt.

Warum nicht?

Ach, das wißt ihr selbst am besten. Und wir sind hier schließlich nicht in Kuba oder auf den nordkoreanischen Seychellen.

Dennoch bringen wir natürlich die großartigsten Sachen zu Stande, bitte erspart mir, jetzt genau zu sagen welche, aber ich versichere euch, es wird grundsätzlich alles besser, und irgend etwas mit Fortschritt ist garantiert dabei. Aber eigentlich ist das auch schon wieder *gleichgültig* beziehungsweise *alles eins*, wenn ich bei dieser Gelegenheit noch einmal die vorletzte Zeile aus unseren *Drei Schwestern* zitieren darf, die ihr ja ebenfalls besser kennt als wir, und vielleicht könnt *ihr* das jetzt einmal entscheiden, wie es im Deutschen heißen muß: *gleichgültig, alles eins* oder vielleicht doch einfach *schnurzwurstegal?*

Unterdessen verschwindet der Webermichel für viele Jahre, und angeblich macht er sein Glück in New York, womöglich sogar als Regisseur. Was hingegen mich betrifft, so muß ich mich leider die meiste Zeit mit Übersetzungen von Geschäftsbriefen, Zollerklärungen und Produktpräsentationen durchschlagen, denn jetzt zieht zwar auch das Geld um die Welt, an mir bleibt davon aber leider nicht allzu viel hängen. Auch wenn ich natürlich ebenfalls Karriere machen und zumindest ein wenig nach Macht & Geld oder wenigstens nach Ruhm & Ehre streben könnte, und sei es auch nur in irgendeiner Kunst, als Dichterin zum Beispiel oder als gefeierte Übersetzerin, oder wenigstens in einer der jeweils aktuellen Kämpfe zur Beglückung der Menschheit respektive zur Verbesserung der Welt.

Was ich aber einfach vergesse. Keine Ahnung warum. Geschieht eben so. Wie die meisten Dinge im Leben letztlich eben doch nur so geschehen.

Ansonsten können wir in unseren Metropolen jedoch tatsächlich alles Mögliche werden, Taxifahrerinnen und Staatssekretäre, Ministerinnen und Yogalehrer, Heilpraktikerinnen und Professoren, Bioladenbetreiber und Psychoanalytikerinnen, auch das ist toll, obwohl natürlich nicht wenige ein schlechtes Gewissen haben, daß sie nun zum sogenannten Establishment gehören. Und einige ziehen sich sogar schon morgens graue Hemden an und werden Feuilletonchefs oder Moderatoren nachdenklicher Nachtsendungen, denn wie wir alle wissen auch sie umfassend Bescheid, mindestens so gut wie Andrej, und langsam und fast unbemerkt beulen sich dann unsere Köpfe aus und leider nach und nach auch unsere Bäuche.

Für Coffeetablebooks begeistern wir uns aber natürlich trotzdem nicht und für klassizistische Statuen höchstens heimlich. Nur gegen Dramen von Lessing haben wir eigentlich nichts, Hauptsache, wir sehen sie im Regietheater, denn im Regietheater, horribile dictu, sind die Klassiker sehr zum Leidwesen des Bürgertums bekanntlich nicht mehr wiederzuerkennen, was wir wiederum sehr begrüßen, denn wer will schon immer nur dasselbe wiedererkennen. Tatsächlich trägt auch Nathans Adoptivtochter Recha einen Trainingsanzug sowie eine blonde Perücke aus dem Porno-Shop, wenn sie feststellt, daß das Blut allein noch nicht den Vater ausmacht, was wir allerdings auch schon lange wissen und also doch quasi wiedererkennen, aber das ist nicht so schlimm.

Inzwischen erkennen wir so vieles *wieder*, denn wenig wird gedacht, gesagt, getan zum ersten Mal.

Nur uns selbst, uns selbst erkennen wir oft nur mit Mühe, in den höheren Bildungsanstalten und in den Ministerien.

Dennoch schwadronieren wir vor uns hin, als wären wir seit fünfzehn Generationen alteingesessene Schwadroneurinnen und Schwadroneure, aber ab und zu entfährt uns ein kurzes Fick-Dich oder ein leiser Furz, und dann sind wir ausgerutscht und wissen womöglich nicht mehr weiter.

Und manchmal sind wir sogar auf einmal tot, aber nur an schlechten Tagen und nur für ein paar Sekunden.

Denn plötzlich, und ohne daß wir darauf vorbereitet gewesen wären, wissen wir nicht, was wir sagen sollen, und auch nicht, wer wir sind, weil unsere Väter tot sind seit Jahren und auch unsere Mütter, und wir keinen Rückhalt haben und keine Geschichte und nichts sind als streunende Katzen, die bestimmt nicht dorthin gehören, wo *wir* gerade sind, weder in eine höhere Bildungsanstalt noch in ein Ministerium und auch nicht in nachdenkliche Nachtsendungen, auch wenn wir diese selbst erfunden haben.

Und alle werden das merken, noch in diesem Augenblick, denn alles, so fürchten wir, gerät nun durcheinander, die Diskurse, die Ausdrucksweisen, die Welten. Und dann wissen wir auch nicht mehr, wie man sitzt und geht und steht, und welche Gabel wir benutzen müssen und aus welchem Glas wir Wasser trinken sollen beziehungsweise Wein, und unsere Körper können wir ohnehin nicht mehr beherrschen, die Winde, die Wörter, wir selbst, nichts ist, wie es sein soll. Aber schon in der nächsten Sekunde reißen wir uns wieder zusammen, setzen eine überlegene Miene auf und stellen fest, daß wir uns solche kleinen Ausfälle, die doch vor allem *charmant* sind, nicht wahr?, leisten können: Wir sprechen inzwischen mindestens sechs Sprachen und kennen uns aus bei Monteverdi genau wie auch bei Stockhausen, wer wäre also noch kultivierter als wir, und wir rufen fick-dich, fick-dich, fick-dich, und jetzt klingt das wie eine Arie der Königin der Nacht.

Aber auch das ist bald egal beziehungsweise gleichgültig oder auch alles eins, ihr, liebe sozialdemokratischen Lehrerinnen und Lehrer, seid inzwischen längst frühpensioniert, erschöpft nach den Jahren mit lauter reizenden Söhnchen und Töchterchen von ebenso reizenden Vätern und Müttern, und früher oder später ist auch unsere große Zeit vorbei, und unser Herz ist müde, so müde, daß es kaum mehr schlagen mag.

Jetzt übernehmen die Faltenröcke und vor allem die Speckhosen das Regiment.

Als späte Rache für alles, was bisher geschah, und dafür, daß es uns überhaupt gibt beziehungsweise gegeben hat und sie wegen uns jeden Morgen Stöcke schlukken mußten.

Sie werden hölzerne Ministerpräsidenten und hölzerne Wirtschaftschefs der Frankfurter Allgemeinen oder sonst irgendeiner Zeitung, und wir denken: sieh an, die kennen wir doch, so reich und so blöd, das haben wir ihnen doch schon als Siebenjährige nachgerufen, und inzwischen beherrschen wir auch diese Worte in sechs verschiedenen Sprachen, così ricchi e così ignoranti, non è vero! Sie hingegen sprechen statt sechs Sprachen ganz unverhohlen Dialekt, wogegen wir jedoch im Prinzip nichts haben, denn wenigstens ist auch das charmant und bodenständig und zudem realistisch. Wenn die Faltenröcke und die Speckhosen jedoch das Wort *Eigenverantwortung* in irgendeine Kamera näseln, da verlieren wir leider unsere mühsam erarbeitete bürgerliche Contenance. Denn dieser Kampfbegriff der Speckhosen klingt schlimmer als die feuchtesten Fürze, und natürlich geht es bei diesem Gerede nicht um Aufklärung und nicht um Kant oder Voltaire oder um den

Ausgang aus der selbstverschuldeten Unmündigkeit sowie um den Mut, sich des eigenen Verstandes zu bedienen. Sondern es geht einzig allein darum, daß diejenigen, welche die Speckhosen für Verlierer halten, sie gefälligst nicht weiter behelligen sollen und sie keine Lust haben, auch nur einen müden Groschen für wie auch immer geartete Sozialleistungen rauszurücken.

So, meine lieben sozialdemokratischen Lehrerinnen und Lehrer, sieht das also alles aus, so wird sich das entwickeln, in unserem kollektiven Bildungsroman.

Und zumindest ihr habt am Ende eure Erinnerungen an eine großartige Zukunft, die immer wieder neu beginnt, in jedem Augenblick, in dem ihr an sie denkt, und dann bekommt das Mögliche mehr Wahrheit als das Wirkliche, und das ist nun endlich: das Glück.

Wir hingegen warten darauf immer noch, aber wenn ihr genau hinschaut, so könnt ihr feststellen, daß wir inzwischen angefangen haben, uns alle ähnlich zu sehen, egal, ob wir Frauen sind oder Männer. Denn die Männer werden jeden Tag weiblicher, und ihre Gesichtszüge zerfließen, und allmählich erinnern sie uns an unsere Großtanten von einst, während die Frauen, soweit sie keine Schwäbinnen sind, zu brummen beginnen in den tiefsten Bässen, und von Tag zu Tag ähneln sie unseren Vätern fast mehr als sich selbst.
Nach und nach gleichen sich so alle vollkommen einander an, die Frauen und die Männer und die Generationen dazu, und wenigstens, was die Körper betrifft, erblüht spät der Sozialismus, und wenn ihr ganz still

seid, dann hört ihr, wie nachts unsere Ohren wachsen und unsere Nasen.

Aber immerhin, das will ich euch auch noch sagen, taucht auf einmal der Webermichel wieder auf, zu meiner allergrößten Überraschung, aus New York oder woher auch immer. Er ist tatsächlich Regisseur geworden und gibt mir den Auftrag, unsere *Drei Schwestern* von damals noch einmal neu zu übersetzen, als Intendant des Theaters Ulm. Und so sitze ich nun wieder vor diesem Stück, fast wie dereinst in unserer Arbeitsgruppe am Nachmittag, inzwischen jedoch zugegebenermaßen mit wachsender Verzweiflung. Denn bisher will mir nichts gelingen, und leider ist es nicht mehr wie damals, als wir unbefangen waren und dreist und kaum wußten, wie alles anfing und schon gar nicht, wie es weiterging.

Natürlich ist mir klar, daß ich es mit dieser Übersetzung wenigstens versuchen sollte, denn das schulde ich euch und dem Webermichel und meinem eigenen sozialdemokratischen Überich. Andererseits weiß ich, abgesehen von dem bißchen Geld, das ich als Honorar kassieren werde, auch einfach nicht mehr so recht wozu, und ob es irgend jemandem besser ginge, wenn ich von Birken spreche und von der Sehnsucht und von den Aussichten auf unsere Vergangenheit und vor allem davon, daß womöglich alles eins ist beziehungsweise schnurzwurstegal, und insgesamt sollte ich darüber noch einmal gründlich nachdenken.

Was nun jedoch euch betrifft, so weiß ich nicht, ob euch all diese Aussichten insgesamt freuen oder erschrecken oder ob diese euch vielmehr gänzlich gleichgültig sind. Ich dachte aber, ich sollte euch einmal ausführlich darlegen, was noch zu erwarten sein wird, einfach, damit ihr es wißt, und damit ihr, liebe sozialdemokratischen Lehrerinnen und Lehrer, euch überlegen könnt, ob ihr jetzt aufsteht und euch an die Arbeit macht, oder ob ihr vielleicht doch lieber sitzen bleibt in euren Lehrerzimmern und Raucherecken und noch einmal ausführlich diskutiert, was jetzt zu tun ist, und vor allem wozu.

17

*Noch einmal über die ewige Jugend, aber auch
über geschwind wachsende Geschwulste*

Ich sollte jedenfalls, dachte ich, noch ein weiteres Mal unmißverständlich klarstellen, daß es uns blendend geht, auch wenn ich nicht genau wußte, wem ich das hätte sagen sollen, denn wer ist eigentlich zuständig für ordnungsgemäße Lebensführung und entsprechend mittelwertiges Wohlbefinden? Jedenfalls geht es uns blendend, phantastisch, wunderbar, dachte ich, denn, daß es uns blendend, phantastisch, wunderbar geht, das sind wir uns schuldig, uns und unseren Nächsten, die zu belästigen wir nicht befugt sind, mit Unmut, Unlust, Unglück.

Dennoch hörte das nicht auf, vielmehr wurde es immer schlimmer, das Keuchen, das Japsen, die ganzen unguten Ahnungen und dazu die ungeheuerliche Hitze, die den Erdball fest im Griff hatte. Und ich, den ganzen Tag am Schreibtisch, die Vorhänge stets zugezogen, die Welt völlig unsichtbar und nur noch da als heißer Atem, der unaufhörlich durch die Wohnung zog, und dazu der stumpfe Sound irgendeiner Großstadt, die von mir aus Berlin heißen mochte, aber Moskau und New York klangen, außer was die Polizeisirenen betraf, nicht viel anders.

Nachts nach wie vor die Anrufe des Webermichel. Er redete und redete, denn es drohten die Stunden ohne Schlaf, und so sprach er über die Konzeption für seine Inszenierung, über seine Regieeinfälle und über seine Erkenntnisse Tschechow betreffend. Zum Beispiel dahingehend, daß diese Leute im Hause Prosorow ganz wörtlich einfach immer aneinander vorbei reden. Diese Nichtkommunikation, sagte der Webermichel, verstehst du?, alles letztlich Monologe, fast schon wie bei Beckett, und nachdem der Webermichel dies festgestellt hatte, machte er schließlich doch eine kleine Pause, so als warte er auf Godot.

Noch immer war mir die Stimme des Webermichel wirklich angenehm, aber inzwischen klang er ständig so erschöpft. Von wegen jugendlicher Liebhaber, der zum Bahnhof rennt, wahrscheinlich lag er stets nur matt auf dem Sofa oder auf irgendeiner Matratze in seiner provisorischen Wohnung in Ulm, und auch ich konnte mich nur schwer halten, an diesen überhitzten Tagen, als ich von Birken las und von Wärme und vom Mai irgendeines der Jahre vor 1900, während auf den

Friedhöfen und in den Parkanlagen unserer Stadt die Birkenblätter schon wieder gelb wurden.

So dachte ich schließlich immer dringlicher an all die Krankheiten, die uns bevorstanden. An Herzinfarkte, Lungenkrebs und was es sonst nicht alles gibt, vor allem an allzu geschwind wachsende Geschwulste, und vielleicht, mein lieber Webermichel, sind wir plötzlich durchlässig geworden und können uns vor nichts und niemandem mehr schützen, schon gar nicht vor uns selbst.

Wesentliche Teile von uns, dachte ich, sind jetzt ständig massiv gefährdet, besonders natürlich die Vorsteherdrüsen und die Gebärmütter, in geschlechterübergreifendem Tumor-Terror, der zumindest mich nun immer wieder weckte, noch vor dem ersten Tageslicht. Denn vielleicht ist es tatsächlich schon soweit, vielleicht hat sich der Tod schon in uns breitgemacht, so wie gerade noch die Jugend mit ihren Säften und fixen Ideen in uns gewütet und all unsere Zellen und auch unser Ego fast hatte platzen lassen vor Überfütterung und Größenwahn.

Hin und wieder hatte ich mich auch zu erinnern versucht, wann das angefangen hatte. Ob es einen bestimmten Zeitpunkt gegeben hatte, einen Morgen, einen Nachmittag, einen Abend, an dem ich aufgehört hatte, unsterblich zu sein, und ob sich also sagen ließe, wann mein allererster Todestag zu Lebzeiten gewesen sein mochte, und mein Körper unter Verdacht geraten war, Dinge zu entwickeln, von denen ich nichts wußte und mit denen ich nichts zu tun haben wollte.

Die Frage war immer dieselbe, und ich weiß nicht, warum ich sie mir nun stets wieder neu gestellt habe, denn jedesmal sah ich schon nach kurzer Zeit ein, daß es unsinnig war, sich auf die Jagd nach der Herkunft von Phantomen zu machen.

Es hatten sich also, dachte ich, in unserem Inneren diese schmutzigen dunklen Flecken ausgebreitet, fast so wie die schwarzen Löcher auf meiner Netzhaut, und auch wir waren wehleidig geworden und panisch und trauten unseren eigenen Gesichtern nicht mehr, weil sie aussahen, als seien wir jung, jung für immer und ewig.

Aber natürlich verbargen wir auch dieses Mißtrauen, so wie wir schon das Knirschen in unseren Knochen verbargen, denn wer hätte uns, schmutzig und fleckig und inwendig ungewaschen, wie wir waren, geschäftliche Aufträge geben und Angebote zum Beischlaf machen wollen.

Deshalb lächelten wir stets tapfer, lächelten und spannten die Wangenmuskeln an, lächelten und fletschten die Zähne, während unsere Körper ächzten, als fegte der Wind durch hölzerne Häuser, so daß wir immer wieder dachten, alle müßten ihn hören, diesen Lärm der Fruchtlosigkeit, den wir verbargen, indem wir redeten und redeten, so laut und so hastig wie möglich. Soweit wir weiblich waren, gehörten wir Jahre schon zu diesen Damen der Halbbrillenwelt, deren Nasen sich unweigerlich verkürzen, wenn sie die Blicke erheben über die schmalen und randlosen Plastikgläser, die den ebenso randlosen und zuerst kaum sichtbaren Übergang zum Alter markieren. Während die Damen Halbbrillenträgerinnen noch immer viel und oft von der Zukunft reden und unaufhörlich blühen und unaufhörlich vergehen und heute wieder ganz blendend aussehen, meine Liebe, meine Verehrteste, obwohl wir zu niemandem gehörten und sich noch nicht einmal einer finden würde, der nun auch uns töten wollte, unseren Willen, unsere Wünsche, unsere Träume und schließlich auch unsere ewige Jugend und unsere dennoch heimlich bereits seit langem mühevoll alternden Leiber. Und, auch wenn wir es nicht wahrhaben wollten und ich trotz allem demnächst den Webermichel besuchen würde, gab es längst nichts mehr, was uns doch noch retten könnte vor dem Tod.

Nicht Liebe, nicht Familie, nicht Sex, nicht Religion, und natürlich auch nicht der ganz große Erfolg in Ulm.

Aber jeden ersten Freitag im Monat saß ich beim Friseur, um mit übereinander geschlagenen Beinen, gelangweilt und anscheinend unbeteiligt in der Vogue zu blättern wie eine echte, für immer junge Dame, und um für neunundsechzig Euro, exklusive Trinkgeld, die Farbe am Haaransatz erneuern zu lassen, weil wie eine Art Aureole des Alterns wieder ein schmaler Streifen Grau herausgewachsen ist, und dies ist nur eine der vielen mehr oder weniger teuren und mehr oder weniger effektiven Maßnahmen zur Verschönerung der Körperoberfläche, die zu ergreifen wir uns verpflichtet fühlten.

Dabei behandelten wir besonders unsere Haare und unsere Kopfhaut sowohl mit chemischen Substanzen, die in der bemannten Raumfahrt erprobt worden waren, als auch mit Klettenwurzelöl und Emulsionen aus Ei, Kaffee, Honig und Bier, und vielleicht könnten wir es ja, dachte ich, was eventuellen Haarausfall betrifft, auch einmal wieder mit Naphtalin versuchen. Das Rezept für eine entsprechende Tinktur stammt von unserem alten Doktor Tschebutykin, dem Militärarzt, der zusammen mit den anderen Provinzoffizieren das Haus Prosorow belagerte, oder es kam gar aus der Praxis des Doktor Tschechow selbst, auch wenn ich das nicht annehme. Benötigt werden jedenfalls zwei Unzen Naphtalin, aufgelöst in einer halben Flasche Spiritus, und das dann täglich angewandt, und flugs werden wir noch viel schöner, so schön wie die schönste russische Literatur, die allerdings auch nicht mehr die Jüngste ist, und die, abgesehen natürlich von den Werken des Doktor Tschechow, hin und wieder ein ganz klein wenig nach Mottenkugeln riecht, genau wie ja auch wir selbst, oder vielleicht auch nicht, ich will das nicht abschließend beurteilen.

Jedenfalls wissen wir gerade aus der Literatur, daß man, wenn alle anderen Mittel versagen, auch mit Sprache noch immer sehr viel machen kann, sogar, wenn es um die gefälligere Gestaltung unserer selbst geht. Denn innerlich, das dürfen wir sagen, innerlich, so wiederholen wir immer und immer wieder wie ein endloses Mantra der Dialektik von Innen und Außen, Oberfläche und Untergrund, Sein und Schein, Sinn und Form, Unsinn und Uniform und so weiter und so weiter, innerlich, so behaupten wir, egal wie schwarz die Flecken in uns sind und wie geschwind die Geschwulste wachsen, innerlich, da fühlen wir uns jugendlich, viel jugendlicher noch als wir nach außen hin zu sein scheinen, und womöglich mag dieser frische Geist machen, daß auch die Jahre und ihre Zerstörungen wieder aus unseren Körpern entweichen wie die warmen Winde.

Allein: Vergeblich. Sämtliche Maßnahmen verstärken unser Mißtrauen gegen uns selbst und gegen den, im Vergleich zu unserem Inneren, äußerlich eher allzu *jugendlichen* Anblick, den wir bieten, nur noch um ein Beträchtliches.

Wir wissen ja, was wir alles an uns gefälscht haben.

Und dennoch, das möchte ich betonen, meine lieben Schwestern oder wer immer es hören möchte, und dennoch ging es uns gut!

Es ging uns gut, so gut wie es uns gehen sollte, seit auch wir, so wie die Bürgerinnen und Bürger fast aller zivilisierten Staaten, aufgehört hatten zu rauchen und praktisch gar kein Fleisch mehr aßen, und uns nun schon mindestens fünfunddreißig Jahre trennten von eingetrocknetem Wurstanschnitt und billigen Wurstenden, und gerade weil es uns so gut ging, dachte ich, leisteten wir uns ab und zu sogar den Luxus zu fasten. Nur Wasser und Gemüsebrühe für drei Tage oder für zehn, hin und wieder ein Einlauf, und morgens eine kalte Dusche, und daß dies ein ganz besonderer Genuß war, das verstand sich von selbst. Schließlich, dachte ich, waren wir inzwischen endlich zahlungskräftig genug. Für jede Spielart von Verzicht.

....

18

*Über Bezirksmeister im Halbschwergewicht
sowie über Sehnen & Muskeln
respektive Haut & Knochen*

Wir wollten uns, dachte ich, schließlich nicht so leicht verunsichern oder gar einschüchtern lassen, schon gar nicht von unserer eigenen Physis, die im Griff zu behalten unsere vornehmste Aufgabe war. Wir waren Herren und Herrinnen unserer selbst, egal unter welchen Umständen, und so muteten wir uns zu, was immer machbar war, und selbst wenn wir in unserem Gesichtsfeld eingeschränkt waren wie meine Wenigkeit, hatten wir uns, dachte ich, sogar den körperlichen Künsten zugewandt, und zwar vorzugsweise den sogenannten martialischen, denn Tennisspielen zum Beispiel oder Tanzen sagten uns inzwischen weniger als nichts.

Wir brauchten stärkere Stoffe und archaischere Ausdrucksformen, wir brauchten Erfahrungen, die uns zurückwarfen auf unsere rohe fleischliche Existenz, weshalb wir, – und nun wende ich mich wieder an Sie, meine russischen Sportskameradinnen in Ihren schicken Trainingsanzügen von Gucci –, weshalb wir schließlich anfingen zu boxen, besonders dann, wenn wir entweder Damen waren oder Intellektuelle oder am besten sogar beides zur gleichen Zeit.

Denn Boxen ist das Roheste und Archaischste, was wir kannten, diesseits von Rußland und jenseits von Ruanda, und nachdem wir den ganzen Tag gelesen oder geschrieben haben, treten wir nun abends an in hell erleuchteten Hallen ehemaliger Fabriken, allerdings nicht in Gucci, sondern in möglichst zerschlissener Sportkleidung und voller Stolz auf unsere Konsequenz.

Geist meets Schweiß, meine Schwestern, und nun fliegen die Fäuste, und während ich aushole, verschwindet mein Arm vollständig aus meinem Gesichtsfeld. Boxen, mit dieser Krankheit oder auch ohne: eine Herausforderung, ein Triumph im hellen Licht der Hallen, die angespannten Muskeln, die Arme, die dann wieder von weit hinten nach vorne schnellen, vorbei an unseren, ich will nicht sagen: langsam hinfälligen Körpern. Diese Arme sind wie Pfeile, die ein Teil von uns sind und doch nicht, rechts, links, rechts, und wir hören unseren eigenen schweren Atem, während unsere Personaltrainer brüllen, denn sie werden fürs Brüllen bezahlt, eine Faust nach der anderen, aber niemals zielen sie auf Schädel oder Eingeweide, sondern stets ins Nichts hoch oben in den Lüften.

Denn jede und jeder Einzelne, – hören Sie Schwester Irina, Schwester Olga, Schwester Mascha –, jede und jeder Einzelne trainiert für sich allein in den hell erleuchteten Hallen, kein Gegner nirgends und keine gebrochenen Nasen: Kämpfe ohne Wut, Angriffe ohne Aggressionen. Selbstverständlich, meine verehrten Betschwestern, könnten auch Sie dort ganz ohne Gefahr jederzeit einfach so herumstehen, egal ob in Leinenkleidern vom Lande oder in Trainingsanzügen von Gucci, Sie könnten dort herumstehen, ganz wie in Ihrem Salon mit Säulen, und nebenher könnten Sie plaudern und Belanglosigkeiten aneinanderreihen, und früher oder später würden Sie feststellen, wie die Zeit vergeht, ei, ei, wie die Zeit vergeht.

Wir hingegen merken grundsätzlich überhaupt nichts, nichts von der Zeit und nichts von der Vergänglichkeit, schon gar nicht in diesem gleichmäßigen Licht der Hallen, in denen wir kämpfen mit den Lüften.

Dabei, dachte ich, ist es erst zwei Generationen her, da hatte es Großonkel gegeben, die waren Bezirksmeister im Halbschwergewicht, Vorkriegsmalocher mit groben Gesichtern und ungeheuerlichen Händen, und wahrscheinlich waren sie schnell, und wahrscheinlich waren sie ausdauernd, und ganz sicher hatten sie beträchtliche Kräfte und eine ebenso beträchtliche Wut. Worauf? Wahrscheinlich auf alles, vor allem aber auf die Eisenwalzwerke in Wasseralfingen am Ende der Remsbahn, ganz hinten in der idyllischen ostschwäbischen Provinz, wo ackern zu können, sie aber froh sein mußten, und natürlich waren sie auch wütend auf das Elend, in dem sie lebten, und womöglich sogar auf den lieben Gott, der ihnen lauter Hoffnungen machte. Denn Hoffnung, sagten nicht die Großonkel, sondern die Großtanten, Hoffnung, das war dem lieben Gott sein einträglichstes Geschäft.

Und die Großtanten ermahnten die Großonkel wenigstens gelegentlich am Sonntag zur Kirche zu gehen, allerdings nur wegen der Nachbarn, denn alle wußten, daß schließlich doch nichts besser werden würde, in keiner Hinsicht, das ganze Elend, es blieb doch immer dasselbe. Zu schwere Arbeit, zu feuchte Wohnungen, zu teure Eier, Fleisch höchstens einmal im Monat und die Kinder immer krank, so muß das damals gewesen sein, und so haben es uns die Großtanten noch erzählt, und auch die Kommunisten, denen sich die Großonkel vor lauter Wut auf den lieben Gott zunächst angeschlossen hatten, konnten daran nichts ändern.

Aber gottseidank gab es neben den Kommunisten dann wenigstens auch noch die Kameraden von der SA, und die SA, die war bekanntlich ein Box- und Sportverein, nun gut, von uns aus, dann war sie eben die Box- und Sportabteilung der NSDAP, aber dafür, sagten die Großtanten, konnten die Großonkel doch nichts.

Anders als wir, meine Schwestern, waren die Großonkel tatsächlich zum Fürchten, auch das erfuhren wir von den Großtanten sowie später von den Geschichtslehrerinnen, die von Schlägertrupps und von Saalschlachten sprachen und überdies auch von Zwangsarbeitern, die wenige Jahre danach, während des Krieges in den Eisenwalzwerken in Wasseralfingen schuften mußten, in der Idylle der ostschwäbischen Provinz. Von den Zwangsarbeitern erzählten die Großtanten natürlich nichts, aber immerhin erzählten sie von den Saalschlachten, und wie sie, die Großtanten, sich voller Angst in die Ecken ihrer Küchen drückten, wenn ihre Männer nach Hause kamen, betrunken und mit zugeschwollenen Augen und ausgeschlagenen Zähnen.

Dennoch bewunderten die Großtanten, anders als die Geschichtslehrerinnen, die Sehnen und Muskeln ihrer Männer, und daß diese schließlich trotz allem Sieger waren, egal wie trostlos sonst alles war – auch davon hatten wir gehört, vor vielen Jahren, als wir noch Kinder waren. Und wir hörten davon nicht nur einmal, sondern immer und immer wieder, bei den Familienfeiern zu den runden Geburtstagen, bei den Goldenen Hochzeiten, bei den Taufen, bei den Beerdigungen und selbstverständlich auch bei unserer ersten Heiligen Kommunion.

Inzwischen, meine Schwestern, haben wir die Erzählungen der Großtanten natürlich längst vergessen, genau wie die SA und wie die Eisenwalzwerke ohnehin. Denn soweit letztere nicht vollständig zerlegt und, in Containern verpackt, komplett nach China ausgewandert waren, um dort noch einmal ein neues Leben anzufangen, hatte man sie und sämtliche anderen ehemaligen Industrieanlagen, in den Provinzen genau wie in den Metropolen, längst umgebaut. Zu diesen Boxclubs, in denen wir jetzt trainieren, oder wenigstens zu Kulturzentren, und nun schwitzen wir in den ehemaligen Fabrikhallen, als gäbe es kein Gestern.

Nachdem sowohl Elend als auch Sehnen & Muskeln in Westeuropa effektiv überflüssig und außer Dienst gesetzt worden waren, hatten sowohl diese als auch jene inzwischen ein großartiges und unerwartetes Comeback erlebt. Das Elend erschien in Form von Haut & Knochen, meistens in Gestalt von Flüchtlingen im Fernsehen, aber auch in Person von ebenfalls meist ziemlich abgemagerten Obdachlosenzeitungsverkäufern in der S-Bahn. Und sowohl die Flüchtlinge als auch die Obdachlosenzeitungsverkäufer durften wir anschauen, und wir konnten auch spenden, ganz wie es uns beliebte, und wenn wir einmal keine Lust hatten zu spenden, dann sagten wir zumindest zu den Obdachlosenzeitungsverkäufern freundlich nein, danke – nein, danke für Ihre Haut & Ihre Knochen und für Ihr schönes Angebot.

Was nun aber die Wiederkehr der Sehnen & Muskeln betrifft, meine Schwestern, so sehen Sie ja selbst, wie diese sich gestaltet, hier in diesen hellen Hallen. Wie unsere Muskeln schon gewachsen sind. Wie unsere Sehnen allmählich hervortreten, obwohl auch die Konturen *unserer* Körper bereits weicher geworden waren, fast so weich wie die Ihres leider frühverfetteten Bruders Andrej. Und ich kann mich auch gerne ein wenig drehen, und Sie können meine S & M bewundern, so wie die Großtanten die Körper ihrer Männer bewundert haben, aber selbstverständlich sind *unsere* S & M ohne jeden praktischen Nutzen und nicht bestimmt zum alltäglichen Gebrauch.

Es ist schließlich das Wesen von Luxus, daß er für nichts gut ist, und *unser* allergrößter Luxus ist der eigene Körper, für den wir hier unsere Freizeit opfern und jede Menge Geld, sogar noch viel mehr als fürs Elend und für Haut & Knochen.

So warten wir, während wir von einem Fuß auf den anderen tänzeln, auf die Kommandos unserer ganz persönlichen Trainer, denn es gibt uns sonst niemand Befehle, und niemand macht uns Vorschriften, außer natürlich der allgemeine Postkapitalismus, inklusive des diesem innewohnenden besonderen Konsum- sowie Heiterkeitszwangs samt dem bereits angedeuteten postindustriellem Körperkult. Und ich hoffe, verehrte spätfeudale beziehungsweise vorrevolutionäre Schwestern, das haben Sie jetzt so notiert. Sonst wiederhole ich den letzten Halbsatz gerne noch einmal, ausdrücklich nur für Sie, nun ja, Verzeihung, das war natürlich ein kleiner Witz, und selbstverständlich können Sie die verschiedenen Stadien des Kapitalismus samt Risiken und Nebenwirkungen gleich wieder vergessen, bei Ihnen in Rußland läuft das alles ja etwas anders.

Ansonsten gibt es bei *uns*, das können Sie sich inzwischen denken, weder Goldene Hochzeiten noch Taufen, noch Erstkommunionen, und es gibt auch keine Beerdigungen mehr, nachdem unsere Väter tot sind und auch unsere Mütter. Aber dafür gibt es runde Geburtstage, wenn auch nur unsere eigenen, und die verbringen wir alleine, zu Hause oder auf der Flucht, je nachdem: in Kuba oder womöglich sogar auf den Seychellen, wo wir uns eckig fühlen und unfertig und wir nicht wissen, was uns versöhnen sollte mit den garstigen Sonnen und den bösen Sternen, und da fällt uns schließlich unsere industriekapitalistische Verwandtschaft wieder ein.

Und dann erinnern wir uns doch wieder an die Familienfeiern und an die Großtanten und auch an deren Gatten, die angeblich einmal Malocher gewesen waren und Sieger, auf jeden Fall aber Bezirksmeister im Halbschwergewicht und Träger sämtlicher Sportabzeichen der SA.

Aber als *wir* klein waren, waren *sie* schon nicht mehr groß, vielmehr waren sie sogar längst hinfällige alte Männer geworden, von deren Körpern nicht viel übriggeblieben war, und so erinnerten wir uns nicht an ihre Sehnen und Muskeln, sondern nur an die Lücken der ausgeschlagenen Zähne, vor allem aber erinnerten wir uns an ihren sauren Atem und an unseren Ekel, als die Großonkel in unbeobachteten Momenten versucht hatten, uns zu küssen.

Josef, der Onkel Josef, oder auch Paul, der Onkel Paul, an den runden Geburtstagen hatten sie sich von hinten angeschlichen mit ihren großen Händen, und sie hatten uns gepackt und in irgendeine Ecke gezerrt und dann hatten sie versucht, uns ihre Zungen in die Münder zu stecken, gerade weil wir noch Kinder waren. Indessen saßen die verhärmten Tanten an den Kaffeetafeln, und während sie mit den Kuchengabeln über die Teller kratzten, erzählten sie mit immer noch schrillen Stimmen eines um das andere Mal stets die gleichen Geschichten: von Wasseralfingen am Ende der Remsbahn, von den Eisenwalzwerken, vom Elend, und selbstverständlich sprachen sie auch von den Siegen, welche ihre Gatten errangen, immer und immer wieder. Dank der Sehnen und dank der Muskeln, als die Gatten noch Männer waren und keine alten Säcke und Versager, die Onkel zu nennen man uns zwingen mußte.

Na los! Willst du wohl gleich?! Haben wir dir nicht schon hundertmal gesagt?!

Und natürlich, meine drei Schwestern, freuen wir uns. Wir freuen uns, was sonst?, darüber, wie schnell das gegangen ist, darüber, wie sich das alles entwickelt hat.

Zwei Generationen!, vom Archaischen zum radikal Kultivierten, vom Rohen zum Verkochten, und dann sogar wieder zurück, und, siehe, jetzt besitzen wir Körper, die wir gestaltet haben nach unserem eigenen Willen, selbst wenn wir Erbkrankheiten haben wie ich. Aber auch, was unsere Krankheiten angeht, liegt es an uns, welche Bedeutung wir diesen geben oder eben nicht, alles eine Frage der Einstellung und unseres Geistes, den wir ebenfalls selbst gestaltet haben, genau wie auch unsere gesamte Persönlichkeit, ganz so, wie es von uns erwartet wird. Weil wir, die Großnichten der Bezirksmeister im Halbschwergewicht, nun Bürgerinnen geworden und keine Malocherinnen mehr sind beziehungsweise Malocher.

Und deshalb können wir ausholen, rechts, links, rechts, ein Schlag nach dem anderen, ohne Eisenwalzwerke und ohne Mitgliedschaft in der SA. Und was unser Elend betrifft, so ist es nicht von dieser Welt, und wer sollte es für uns beklagen, in diesen heller als Sterne leuchtenden Hallen und an unseren runden Geburtstagen, in Kuba oder auf den Seychellen.

....

19

*Über die hydroelektrischen Kräfte
der Wassermassen des Dnjepr, feinste Poesie
und die Frechheit blonder Haarschöpfe*

Wovon ich aber meinen drei Schwestern lieber ebenfalls nichts erzähle, denn auch darüber würden sie sich womöglich allzu sehr aufregen, ist, daß dann bald wahr gemacht wird, was sich ein paar Leute so gedacht hatten, für das Große Ganze.

Und daß dabei die russische Seele abgeschafft wird, und zwar samt Birken und samt Pilzen, sage ich ihnen ebenfalls nicht, wobei ich auch nicht annehme, daß sie das von selbst mitbekommen werden, wahrscheinlich stehen sie und ihr Anhang noch heute herum in ihrem

Salon mit Säulen in der russischen Provinz und tun so, als sei nichts geschehen, während sie von früh bis spät rastlos auf die Zukunft warten, auch wenn ich den Russinnen und Russen durchaus nichts unterstellen möchte. Mal abgesehen davon, daß wir bestimmt auch noch hundert Jahre herumsitzen werden in unserer Einzelhaft mit Kuchen und Musik, solange wir nur immer pünktlich unsere grauen Haaransätze nachfärben, außer mir natürlich, denn im Gegensatz zu allen anderen werde *ich* nicht die nächsten hundert Jahre herumsitzen, schon weil ich demnächst Geburtstag habe und spätestens dann wird alles anders, oder etwa nicht?

Damals wiederum wurde tatsächlich sehr schnell alles anders, und jetzt hoffe ich stark, daß meine drei Schwestern mich nicht hören, andererseits: warum eigentlich nicht? Sollen sie doch ruhig wissen, was geschehen wird, sind doch alles erwachsene Menschen.

Von wegen also: wenn man es nur wüßte, wenn man es nur wüsste. Ich sage ihnen jetzt einmal, wie das alles weitergeht, sie haben nämlich ganz einfach angefangen zu schießen, das ist es, was geschehen ist, meine Damen, erst schossen die einen, dann schossen die anderen, und schließlich schossen sie von allen Seiten in St. Petersburg, in Moskau sowie auch in sämtlichen Provinzen, und selbstverständlich immer für das Große Ganze, und an die ersten Schüsse vor dem Winterpalast beim Petersburger Blutsonntag im Januar 1905, vor dem ich meine drei Schwestern bereits gewarnt habe, kann auch ich mich genauestens erinnern. An Arbeiter. An Demonstranten. An die Soldaten des Zaren in langen Mänteln und mit angelegten Waffen. An die flüchtende Menschenmenge im Schnee.

Denn die sowjetische Propaganda war so freundlich, die Szene genau zwei Jahrzehnte später noch einmal für ein Photo nachzustellen, mit expressiver Diagonale und mit scharfen Kontrasten von schwarz und weiß, nach allen Regeln der Kunst und unter Mobilisierung sämtlicher Kräfte der Suggestion. Und deshalb erinnere selbst ich mich an diesen eiskalten Tag, an den beißenden Frost, an den Geruch von Blut, an das Knallen der Schüsse und an die Schreie der Getroffenen, an all das, was auf dem gefälschten Propagandaphoto *nicht* zu sehen ist, und das wir doch als *eigene* Erfahrung zu unserer persönlichen Habe genommen haben.

Seltsam, meine Damen, nicht wahr, was wir jetzt so alles auf der Innenseite unserer Körper tragen.

Mal abgesehen davon, daß das zwanzigste Jahrhundert schon mit einer gefälschten Erinnerung begonnen hat. Und das auch noch rückwirkend! Kein Wunder, daß daraus nichts mehr wurde.

Was wiederum das Innere unserer russischen Nachbarinnen und Nachbarn betrifft, also gut, meine lieben Schwestern, ich habe es schon angedeutet, sie wurde ganz einfach abgeschafft, die russische Seele, samt der Sehnsucht und der Hoffnung, irgendwann zwischen der zweiten und der dritten Million von Toten, und was übrigblieb, waren Körper, schußfeste Körper von nagelneuen Sowjetmenschen, erschaffen am neunten Tag der Schöpfung, aus Zahnrädern und aus Mutwillen, wenn ich das einmal so brutal sagen darf.

Und Sie müssen nicht hinschauen und können statt dessen von mir aus weiter von lauter unsichtbaren Dingen reden, aber immerhin verwandelten sich nun vor aller Augen, per Aufruf in der Prawda oder schlicht durch gezielte Schläge auf geeignete Stellen an den Gliedmaßen und am Rumpf, selbst die pickligsten Hänflinge und die verhuschtesten Seelchen in junge Heldenleiber mit stählernen Muskeln, die unaufhörlich und immer weiter siegten. Über die Dekadenz, die Bourgeoisie, die hydroelektrischen Kräfte der Wassermassen des Dnjepr und natürlich über den ganz und gar unerklärlichen Materialschwund beim Bau der Moskauer Untergrundbahn, der sofort aufhörte, als die Helden gelernt hatten, sich auch gegenseitig nicht aus den Augen zu lassen.

Denn jetzt registrierten sie jede kleinste Bewegung ihrer Mithelden auf das Exakteste, und über alles, was sie sahen, machten sie genauestens Meldung, und sie berichteten den entsprechenden Stellen beim Geheimdienst jede Einzelheit, und zwar in möglichst kunstlosen Worten, welche die diensttuenden Tschekisten jedoch genossen, als handelte es sich um feinste Poesie, viel schöner noch als Sehnsucht, Weite, die Birken im Frühjahr und im Herbst die Pilze.

Und eines Tages, meine lieben drei Schwestern, bitte hören Sie mir jetzt genau zu, denn auch das will ich Ihnen sagen, selbst wenn Sie es sicher nicht glauben werden, eines Tages also sind die Heldenleiber sogar übergesprungen auch auf uns, über den Don, den stillen, und den Dnjepr, den energischen.

Sie hießen jetzt Iwan, *der* Iwan, und sie sind übergesprungen wie gewisse geheimnisvolle Organismen manchmal ihre angestammten Gebiete verlassen und wie auch bestimmte sehr helle und sehr dunkle Träume sich plötzlich aufmachen, um sich neue Wirte zu suchen. Natürlich haben sie auch jetzt wieder gesiegt. Über die impertinenten Idealmaße der SS, die Frechheit kurz geschorener blonder Haarschöpfe und die Anmaßungen des Faschismus im allgemeinen, über die, wie jeder weiß, noch viel zu sagen wäre, und das eine oder andere wurde ja auch bereits gesagt beziehungsweise geschrieben.

Aber noch, das muß ich jetzt leider doch endlich zugeben, verehrte Schwestern, noch schritten auch unsere Großväter frisch voran.

Auch sie marschierten, immer gerade aus, nach Moskau, durch sämtliche russischen Provinzen, und selbstverständlich ebenfalls zum Wohle fast aller und für das Große Ganze, und zwar so lange, bis sie endgültig im Schlamm versanken.

....

20

Über Zeigefinger und Zehen

Mein lieber Webermichel, sagte ich zum Webermichel, als er mich anrief kurz nach Mitternacht, mein lieber Webermichel, die Sache läuft blendend, und daß ich bald fertig bin, ist also keine Frage, und demnächst erhältst du eine erste Version, die voller gegenwärtiger Frische ist und gleichzeitig voller historischer Wahrhaftigkeit. Es ist nur so, daß mir, was letztere betrifft, noch ein ganz klein wenig Hintergrundwissen fehlt, eigentlich nur ein winziges Detail, und das betrifft meinen Großvater, genauer gesagt dessen Füße und Zehen.

Es hat meinem Großvater, sagte ich, nämlich nicht nur die Hälfte des linken Zeigefingers gefehlt sowie die Kuppe des Mittelfingers daneben, als kleines Mädchen hatte ich fast nirgendwo anders hinschauen können als auf seine linke Hand. Und manchmal hatte ich meine eigene Hand auf den Tisch gelegt und mir überlegt, wie die seine gelegen haben mußte, als die Säge sich im Bruchteil einer Sekunde durch das Fleisch und den dünnen Knochen fraß, und dann waren die Glieder weg, was sofort von jedem festzustellen war, anders als bei den höchstwahrscheinlich ebenfalls fehlenden Zehen, denn die Füße des Großvaters, die hatte ich leider nie gesehen. Jetzt aber, sagte ich zum Webermichel, mußte ich dringend wissen, was genau gewesen war mit den großväterlichen Zehen, und was genau gewesen war mit dem Großvater selbst, und ob es wirklich stimmte, daß ihm die Zehen in Rußland abgefroren waren. Wenn ich das wüsste, sagte ich zum Webermichel, käme ich sicher auch mit meiner Übersetzung gleich ein gutes Stück weiter, denn ich muß doch Klarheit darüber haben, sagte ich, was tatsächlich geschehen war in der Vergangenheit, die damals noch eine großartige Zukunft war.

Aber wen, sagte ich, könnte ich nur fragen, wo unsere Väter längst tot waren und auch unsere Mütter?

Und wer könnte mir sagen, ob mein Opalein tatsächlich bei irgendeiner obskuren Einheit der SS war, denn einmal hatte ich von so einer SS-Einheit sprechen hören, auf schwäbisch, versteht sich, wie denn sonst. Aber diese schwäbischen Klänge hörten sich merkwürdig an, sie paßten nicht zu den Begriffen von denen anscheinend die Rede war, Sondereinsatzgruppen, Verfügungstruppen, Totenkopfverbände, so etwas gibt es doch gar nicht auf schwäbisch und auch in keinem anderen Dialekt. Und so hatte die Verwandtschaft vielleicht doch weder über Sondereinsatzgruppen noch über Totenkopfverbände gesprochen, weil sie schon sprachlich dazu gar nicht in der Lage gewesen wäre, und ich hatte später nur die historischen Begriffe, die ich gelernt hatte, ergänzt zu finsteren Vermutungen über die Person, die mein Großvater womöglich doch nicht war.

Aber da war, dachte ich, doch auch meine Groß*mutter*. Sie hatte schließlich immer wieder gesagt, daß mein Großvater Glück gehabt hat. Daß er körperlich keinen Makel davongetragen hatte und ihm nicht noch die Blutgruppenzugehörigkeit in den linken Oberarm tätowiert worden war. Das wiederum war jedoch, wie ich ebenfalls später gelernt hatte, gängige Praxis bei der SS, und nach dem Krieg haben sich deren Mitglieder deshalb reihenweise selbst in den Arm geschossen, um diese verräterische Tätowierung wieder loszuwerden.

Und wenn ich, mein lieber Webermichel, tatsächlich wüßte, was war?

Einmal abgesehen von meinen drei Schwestern – was sollte ich mir vorstellen?

Wem sollte ich nacheifern? Wen sollte ich verdammen?

Würde es mir dann besser gehen?

Oder schlechter?

Oder wie?

Ich weiß es nicht. Sagte der Webermichel. Hauptsache, du beeilst dich mit deiner Übersetzung und von mir aus auch mit der Zukunft und mit der Vergangenheit oder womit auch immer!

....

21

*Über den Berg Grünten, der über das Allgäu
wacht, und über gefälschte Erinnerungen*

Wenigstens bis ins Allgäu sollte ich es noch einmal schaffen, so schwierig kann das doch nicht sein, schließlich ist die Entfernung zum Allgäu beträchtlich geringer als die zur Penn Station in New York, zum Kursker Bahnhof in Moskau oder gar bis nach Petuschki, wenn auch nur geographisch.

Und auch nach New York, nach Moskau und nach Petuschki werde ich schließlich bald wieder reisen, das ist sicher, so sicher wie die Tatsache, daß ich bald Geburtstag habe, und auch meine Übersetzung der *Drei Schwestern* beim Webermichel in Ulm abliefern werde, doch!, und von dort aus ist es wirklich nur noch ein Katzensprung.

Von Ulm aus bin ich schon als Mädchen öfters ins Allgäu gefahren, natürlich mit den Schwäbischen Eisenbahnen und zusammen mit der Großmutter, der Mutter und der Tante, und selbst die Leibeskräfte aus dem Osten hatten es schließlich bis dorthin geschafft, wenn auch wahrscheinlich nicht mit den Schwäbischen Eisenbahnen, aber wie denn eigentlich dann?

Im Mai 1945 muß das gewesen sein, da sind den Groß*müttern* hoch gewachsene Heldenleiber von weit her erschienen, während die Groß*väter* noch immer irgendwo feststeckten in den unendlichen russischen Weiten, die Helden sind den Großmüttern erschienen, ganz unten im deutschen Südwesten in der tiefsten, in diesem Fall: oberschwäbischen Provinz, dort, wohin, wie ich viel später aus den Geschichtsbüchern erfahren habe, nie ein Sowjetmensch vorgedrungen ist. Weder 1945 noch später, aus dem einfachen Grund, weil dort im Allgäu schon die Amerikaner und die Franzosen waren, die ebenfalls gesiegt hatten, wenn auch alles in allem auf eine etwas dezentere Art und Weise.

Was hingegen die Russen betraf, so mußte entweder ich mich getäuscht haben oder meine Großmutter, die Natalie hieß, wie wir alle, und womöglich waren die sowjetischen Hünen doch nicht *ihr* erschienen, sondern *mir*, irgendwann, als ich begonnen hatte, erwachsen zu werden, und wenn ich demnächst dorthin reise ins Allgäu, dann werde ich hoffentlich Genaueres erfahren. Vielleicht auch nur darüber, was sich noch so alles festgesetzt hat, irgendwo, auf der Innenseite meines Körpers, dort, wo ja auch der Freie Wille sitzt.

Entgegen aller historischen Plausibilität ist mir aber bis heute so, als sei es nicht ich, sondern meine Großmutter gewesen, die die Russen damals gesehen hat, oder zumindest ganz sicher gewesen war, daß sie da waren.

Obwohl sie sich natürlich versteckt hielten, verborgen vor meiner Großmutter und vor den letzten jugendlichen Werwölfen, die überall herumstreunten in den Städten und in den Provinzen, mit ihren kindischen Handgranaten, mit ihrem albernen Sendungsbewußtsein und mit ihren pubertären Pickeln.

Oder vielleicht waren die Russen, die Iwan hießen, auch bereits in Deckung gegangen vor *mir*: vor der Zukunft und vor dem Siegeszug des Rationalismus, der sich schließlich durchsetzen sollte, überall und selbst im Allgäu, in den Jahren und Jahrzehnten nach dem Krieg.

Aber egal wie: Es saßen diese riesigen Rotarmisten jedenfalls im Mai 1945 tagelang in einem Wäldchen nahe bei dem kleinen Gehöft, wo die Frau mit Namen Natalie, die meine Großmutter war, während des Krieges Unterschlupf gefunden hatte, ja, so *muß* es einfach gewesen sein.

Staatliche Stellen hatten meine Großmutter, damals noch keine vierzig Jahre alt und in der Blüte ihres Lebens, samt ihrer beiden halbwüchsigen Töchter, die meine Mutter und meine Tante waren, schon vor längerer Zeit dort einquartiert, auf dem Bauernhof am Ende der Hügellandschaft am Fuße des noch nicht allzu hohen und noch nicht allzu schroffen Berges Grünten am äußersten nördlichen Rand der Alpen.

Viel später, in den 1950er und 60er Jahren hatten die Großmutter, die Mutter und die Tante an Sommersonntagen dann immer wieder diese Tagesausflüge zum Grünten gemacht, in den ersten Jahren mit den Schwäbischen Eisenbahnen und später mit dem Auto, denn immer wieder mußten die Frauen diesen Berg hinaufwandern, und als ich alt genug war, nahmen sie mich mit, und demnächst gehe ich noch einmal ohne sie.

Warum?
Weiß nicht.
Und die Großmutter, die Mutter und die Tante, warum waren die immer wieder dort?
Weiß nicht.

Aber ich war dabei, als sie kurzatmig, voller Mühe und mit unzähligen Pausen einen Schritt vor den anderen setzten, denn die Großmutter war stark übergewichtig, und auch die Körper ihrer Töchter waren bereits in jungen Jahren viel zu schwer, so daß der Aufstieg jedesmal quälend langsam war und endlos lange dauerte.

Dennoch schritten die Frauen wortlos voran, durch die Feuchtigkeit und die Schatten des Waldes, Sturzbäche entlang, die gesäumt waren von Farnen und den riesigen fleischigen Blättern des aus irgendeinem Grunde *falschen* Huflattichs, den man bisweilen auch Pestwurz nennt. Und als ich sie das erste Mal begleitete, als Mädchen in einem Dirndlkleid mit weißer Bluse, da war ich plötzlich sicher, daß wir, obwohl wir immer höher stiegen und eigentlich irgendwann die Baumgrenze erreichen mußten, aus diesem Bergwald niemals wieder hinausfinden würden. Und während wir gingen und gingen und meine Füße zu schmerzen begannen und der Atem der Frauen immer schwerer wurde, dachte ich schließlich immer wieder, daß wir diesen Aufstieg womöglich nur aus einem einzigen Grund machten, nämlich weil wir für immer bei den Huflattichblättern bleiben sollten, auch wenn mit diesen angeblich irgend etwas falsch zu sein schien und das in Wirklichkeit Blätter der Pestwurz sein mochten, oder womöglich waren es überhaupt keine Pflanzen, sondern Hände von Riesen oder von Russen oder von wem auch immer.

Also noch einmal: Was wolltest du am Kursker Bahnhof in Moskau?
Weiß nicht.
Und was wolltest du in diesem merkwürdigen Petuschki, eineinhalb Stunden entfernt von der Hauptstadt, am Anfang der russischen Provinz?
Weiß nicht.
Und warum hast du dich für russische Literatur eingeschrieben?
Weiß nicht.

Nun sag schon!

Also gut: Darum!

Aber meine Großmutter hat sich doch immer gewehrt, das hat sie mir schließlich eins ums andere Mal stolz erzählt.

Sie war nicht freiwillig in diese Gegend gekommen. Man hatte sie vielmehr gezwungen und ihr gedroht, sie anderenfalls zu verhaften, obwohl schließlich alles zu ihrem eigenen Schutz geschehe, und um sie in Sicherheit zu bringen vor den Bombenangriffen auf die Städte.

Am Fuße des Berges Grünten hatte man sie bei einer Bäuerin mit Namen Afra einquartiert, von der ich, wenn in meiner Kindheit von ihr die Rede war, immer gedacht hatte, daß sie aus Afrika gekommen sei und also von sehr weit her. Aber wahrscheinlich hatte diese Afra noch nicht einmal gewußt, wo Afrika lag, und sicher bestand auch ihre Welt, genau wie die meiner Großmutter, nicht aus Ferne, sondern aus Nähe, und ihre Vorstellungskraft trug sie beide kaum weiter, als ihre Füße sie trugen, und jenseits des Sichtbaren und des Erreichbaren lagen für sie nur noch entweder das Reich Gottes oder das des Teufels.

So waren auch die Männer der beiden Frauen entschwunden in höchst zweideutige Gefilde, denn der Gatte der Bäuerin Afra war ebenso wie mein Großvater irgendwo in Sibirien in Kriegsgefangenschaft, weshalb die Bäuerin sich stark um ihn ängstigte, oder vielleicht war er auch nur in Frankreich, was ihr wiederum ebenso entschieden mißfallen hätte, denn natürlich nahm sie an, daß diese Land ein einziges großes Hurenhaus war.

In jedem Fall hatte sich, mir nichts, dir nichts, ein Loch in die Welt der beiden Frauen gefressen, und weil sie einander sofort erkannten in ihrer Hilflosigkeit und sie sich gegenüber standen und froren in eiskalter, zugiger Luft, haßten die Leidensgenossinnen einander vom ersten Augenblick an aus ihrem tiefstem Inneren.

Zu den Mahlzeiten saßen sie in der Küche am Tisch und sprachen kein einziges Wort, während die Töchter meiner Großmutter, die meine Mutter und meine Tante wurden, sich mit steifen Rücken gegen die Sitzbank drückten. An dieser klebten sie dann wie die Fliegen an den Leimstreifen, die von der Decke hingen, und den Rest des Tages versuchten die Mädchen, sich unsichtbar zu machen, und hielten sich stets so nah wie möglich an den Wänden, wo sie die Fliegen verscheuchten, die orientierungslos umher schwirrten, bis sie schließlich an den Leimstreifen nach letztem Zappeln verendeten.

Es fehlte den Töchtern der Vater. Und den Frauen fehlte der Mann.

Der Schweißgeruch, vor dem sie sich immer wieder geekelt hatten. Die Fingerkuppen, die hart waren und gefühllos, fast wie die Panzer von Schildkröten.

Irgendwann jedoch hörte meine Großmutter nachts, während, wie man so sagte, der Berg Grünten über das Allgäu wachte, Männerstimmen, die ihren Namen riefen. Sie hörte sie deutlich, während die Bäuerin schlief. Das waren die Stimmen der Rotarmisten, die im nahen Wäldchen saßen, und sie riefen den Namen meiner Großmutter, und so riefen sie auch den Namen ihrer ältesten Tochter, die meine Mutter war: Natalja, immer wieder Natalja, und die zweite Silbe zogen sie so lang, als ob sie weinten.

Da hatte meine Großmutter wahrscheinlich in einer schnellen Eingebung gedacht, daß die Russen, die Iwan hießen, auch wenn sie in diesem Fall wohl eher Amerikaner oder Franzosen waren, vielleicht doch eine Seele hatten, denn auch sie hatte gehört, daß die russische Seele abgeschafft worden war, genauer gesagt hatte man ihr das sogar immer wieder eingeschärft, ja, ich erinnere mich sogar sicher, wie ich meine Großmutter einmal hatte sagen hören, daß der Iwan womöglich trotz allem doch eine Seele hatte, was ich mir gut merken sollte, und ich, halbwüchsig damals, mußte ihre Erzählung bestimmt unterbrochen und verwundert gefragt haben: Oma, wieso sollen Russen denn keine Seele haben?

Aber ich hatte keine Antwort bekommen, denn was hätte meine Oma darauf sagen sollen, Seelenkunde oder gar tiefergehende Analysen von Nationalcharakteren waren ihre Sache wirklich nicht. Vielmehr mag sie sich beeilt haben, das Ende der Geschichte zu erzählen, nämlich davon, wie sie am dritten oder vierten Morgen in den Stall ging, in dem auch nach den langen Jahren des Krieges immerhin noch zwei oder drei Kühe standen, denn es blieb der Großmutter nun nichts anderes übrig, als zu handeln.

So schaufelte sie schließlich frischen Kuhmist in einen Eimer, bis er randvoll war mit grün-braunem Brei. Dann stellte sie ihn vor die Haustür, dazu ein Schild, auf dem etwas von Cholera stand, für alle Fälle, auch wenn die Rotarmisten mit Namen Iwan, wie sie vermutete, wahrscheinlich nicht lesen konnten, schließlich fielen auch ihr selbst Lesen und Schreiben schwer, und höchstwahrscheinlich hatte sie das schwierige Wort Cholera falsch buchstabiert, aber wenn schon, sagte meine Großmutter, das mit dem Kuhmist, das haben die Russen trotzdem verstanden, und damit habe ich sie mir vom Leib gehalten. Denn früher oder später wären sie endgültig aus dem Wäldchen gekommen und über sie hergefallen, die Cholera beziehungsweise der Kuhmist hat sie jedoch in Angst und Schrecken versetzt, wobei ich mir als Mädchen wahrscheinlich nur schwer vorstellen konnte, daß meine Großmutter vor lauter

Durchfall abgemagert und ausgezehrt hätte sein sollen, denn sie war die dickste Frau, die ich kannte, und nur mit Mühe konnte sie sich von der Stelle bewegen.

An ihre kurzen, schnellen Atemzüge, an ihren schwerfälligen Gang, an die Erschütterungen, die jeder ihrer Schritte verursachte, so daß das Geschirr im Schrank unaufhörlich leise klirrte, wenn sie in der Wohnung umher ging, und natürlich an die Mühsal bei ihrem Aufstieg auf den Berg Grünten erinnere ich mich immerhin sicher, sogar noch an diesem heißen Tag, an dem ich selbst jede Bewegung vermeide.

Der Rest der Vergangenheit hingegen, dachte ich, ist doch immer nur ein heilloses Durcheinander, auch wenn wir uns ständig mit noch so lieblichen Stimmen selbst zureden und die süßlichsten Nebel um uns wabern lassen und womöglich gar noch einmal zum Grünten fahren, auch wenn wir nicht wissen warum.

Es bleibt ein Chaos von Einbildungen, ein Märchenwald von Wünschen und von Lügen, mit Farnen und mit falschem Huflattich, und mit der gemeinen Pestwurz, die kaum einer als solche erkennt. Und sonntags waren wir am Grünten, und wir waren bei den Russen und bei den Amerikanern sowie den Franzosen noch dazu, und manchmal waren wir auch in St. Petersburg, als dort geschossen wurde auf Arbeiter und auf Demonstranten, und da haben wir das Blut gerochen, das wir gesehen hatten auf dem gefälschten Photo aus dem Familienalbum der sowjetischen Propaganda, und daneben standen wir, als Mädchen in Dirndlkleidern und mit weißen Blusen.

Obwohl uns zum Weinen war, weil wir uns fürchteten vor den Russen und vor den amerikanischen Franzosen und vor dem falschen Huflattich, lächelten wir, wir lächelten, so wie es uns befohlen worden war, von unseren Müttern oder von unseren Großmüttern oder von der Propagandaabteilung der Tscheka oder von einer ihrer diversen Nachfolgeorganisationen, deren lange Arme, dachte ich, schließlich bis in jede Familie hinein reichten, wenn auch nicht unbedingt bis zum Berg Grünten, wo unsere Verwandtschaft die Kommandos gab.

Aber dennoch lächelten wir, lächeln!, haben sie gerufen, und dann haben sie auf den Auslöser gedrückt, und später haben sie gesagt: sieh an!, das bist ja du, das hast du erlebt, damals am Berg Grünten respektive an seinem Fuße, als die Russen, die Iwan hießen, deinen Namen riefen beziehungsweise den deiner Mutter und deiner Großmutter, und so, dachte ich, gab es einfach kein Entrinnen vor all den Erzählungen, die sich heimlich in eigene Erfahrungen verwandeln, und vor all den Mythen, den eigenen und denen, die frei und herrinnenlos durch die Lüfte schweben und in einem fort buhlen um Aufnahme in irgendeinen historischen Kosmos, im Zweifel auch in den meinigen. Solange, bis auch ich daran glauben kann, daß ich so etwas wie eine Geschichte habe.

Aber die Fettleibigkeit der Großmutter! Mindestens hundert Kilogramm hat sie gewogen. Ganz sicher!

Werde ich dann wohl auch bald haben. Bestimmt. Zumindest, wenn nichts dazwischenkommt.

22

*Über Erbschaften und über Ohrgehänge
sowie über eine Serie im Fernsehen*

Ich kannte aber auch Leute wie meine Freundin Marieluise, und die hatte die großartigsten Vorfahren samt eindrucksvollen Nasen in Öl, einen Stammbaum, der zurückreichte bis in die mitteleuropäischen Sümpfe, und zu Hause stolperte sie unaufhörlich über irgendein Rosenholztischchen oder ein Biedermeierstühlchen, und einmal hatte sie aus Versehen gegen ein spätbarockes Sesselchen gekickt, und dabei brach sie sich zwei Zehen.

Marieluise war von ältestem österreichischem Adel, auch wenn nicht immer alles ganz sauber zugegangen war, denn zu ihrer Verwandtschaft gehörten nicht zuletzt allerlei spektakuläre internationale Mätressen sowie illegitime Kinder von Päpsten. So verfügte sie über Nabelschnüre in alle Richtungen, und um die konnte ich sie natürlich nur beneiden. Und obwohl ihr Herz selbstverständlich in Österreich geblieben war, lebte sie nun schon seit vielen Jahren aus rein wirtschaftlichen Gründen in Deutschland, und also gewissermaßen im ökonomischen Exil. Hier verdingte sie sich in der dramatischen Kunst, aber selbstverständlich ohne großen Ehrgeiz, denn was hätte aus ihr jetzt noch Größeres werden sollen?

Überhaupt war sie die Gelassenheit selbst, nach achthundert Jahren familiärer Beteiligung an der europäischen Geschichte, so sagte sie, kratzt einen so leicht nichts. Was nicht heißen sollte, daß sich meine Freundin Marieluise für nichts interessierte! Im Gegenteil! Auch sie war rund um die Uhr für den Sieg des Guten in der Welt.

Deshalb lümmelten wir, wenn ich sie in ihrer Wohnung besuchte, meistens auf ihrer Matratze auf dem Boden und verfolgten im Fernsehen politische Magazine oder nachdenkliche Nachtsendungen. Dabei trugen wir ausgebeulte Kleider und zwischen zerknülltem Bettzeug und lauter verstreuten Zeitungsseiten streckten wir die Glieder nach hinten und nach vorne, nacht rechts und nach links, und draußen schlichen Beschaffungskriminelle ums Haus, denn dieses lag in einer der schlechtesten Gegenden unserer herrlichen Stadt.

Das Gebäude selbst war indessen von einst bürgerlicher Pracht, eines der letzten in diesem Viertel, das den Krieg überstanden hatte, die Wohnungen waren großzügig, mit hohen, stuckverzierten Räumen, aber die Preise waren günstig wegen der ungünstigen Nachbarschaft. Deshalb hatte sich die Freundin hier einzukaufen vermocht, dank des unter den Geschwistern aufgeteilten Erbes ihrer Eltern. Die Schätze im Inneren jedoch sah so gut wie niemand, nicht die Möbel aus den Wiener Werkstätten, nicht das Biedermeier und nicht das Rokoko, nicht die gesamten adligen Hinterlassenschaften, von denen ich, so ermahnte mich Marieluise immer wieder, niemals jemandem auch nur das Geringste erzählen sollte, schon gar nicht den Beschaffungskriminellen. Dabei gab es gottlob jede Menge Geheimfächer, zum Beispiel in einem dieser zierlichen Rosenholztischchen, das seinerseits kaum zu sehen war, denn auch auf den Möbeln lagen überall Zeitungen herum, so daß sich in der Wohnung Marieluisens tatsächlich die Zeiten auf schon allzu offensichtliche Weise überlagerten: Oben die Seiten mit den Schlagzeilen und Neuigkeiten der letzten Tage und Wochen, die nun auch schon wieder Altpapier waren, unten das polierte Zeug mit Ewigkeitswert, das in der Gegend herumstand, als sei es gerade erst angeliefert worden und das einfach zu keiner Ordnung mehr fand, schon gar nicht zu einer heimeligen oder wenigstens zu einer irgendwie gefälligen.

Denn meine Freundin wußte mit all den Möbeln und den sonstigen ererbten Gegenständen durchaus nichts anzufangen, trotz eines ansonsten stark ausgeprägten Bewußtseins für die Geschichte des Hauses Habsburg sowie der, zumindest theoretischen, Fähigkeit zur sozialen und ästhetischen Distinktion.

Aber am letzten Donnerstagabend im Juli hatte sie endlich doch Verwendung für das, was sie geerbt hatte, wenn auch nur für einen kurzen Moment, und nur für ein einziges Stück aus ihrer Sammlung, genauer gesagt: für deren zwei.

Denn an diesem Abend tauchte, wie schon an den drei Tagen zuvor, statt der üblichen Kandidaten in politischen Magazinen und nachdenklichen Nachtsendungen, immer wieder Napoleon im Fernsehen auf. Und abgesehen von all den Französinnen und Franzosen sowie unendlich vielen Pferden erschienen auch Polinnen, Österreicher, Russen und sonstige Damen und Herren der verschiedensten Völkerschaften in großer Zahl, und dabei sahen wir viele entschlossene und bedenkliche Gesichter, aber ansonsten glänzte alles, kaiserlich und schön, und die Österreicherin neben mir auf der Matratze räkelte sich genüßlich und rief immer wieder: was für ein parfümierter Stuß!

Schließlich wußte Marieluise Bescheid, und sie kannte sich aus mit Napoleon, den Russen, den Polen und den Franzosen ohnehin, vor allem aber kannte sie sich aus mit den Österreichern, und damals im 19. Jahrhundert war sie schon familienhalber ja quasi selbst dabeigewesen.

Was ich wohl glaubte, woher sie ihren Vornamen hatte? Selbstverständlich von der Prinzessin Marie Louise von Österreich, die mit dem französischen Kaiser, den sie verabscheute, verheiratet wurde, um die Habsburgermonarchie vor dem Untergang zu bewahren und um den kontinentalen Frieden zu sichern, ja, sagte Marieleuise, man könne das durchaus eine Zwangsheirat nennen. Aber diese Marie Louise sei eine wirklich lebenslustige Person gewesen, denn kaum war Napoleon in der Verbannung, da war sie samt dem ordnungsgemäß zur Welt gebrachten kaiserlichen Söhnchen auch schon wieder weg und suchte sich andere, bessere Liebhaber, und in Norditalien ein anderes, wenn auch kleineres Reich, und womöglich war sie sogar ein wenig nymphoman. Und so wußte sich die Prinzessin zurechtzufinden bei wechselnden Männern und in wechselnden Zeiten, und allein das, sagte meine Freundin, war doch nichts anderes als ein Zeichen von sozusagen historischer Intelligenz.

Und nachdem die gebärmuttermäßig nutzlose Josephine nach den drei Folgen der letzten Tage endgültig abgegangen war, tauchte diese Marie Louise endlich auch auf unserem Bildschirm auf. Und dann war meine Freundin erst recht entsetzt: Nun schau dir nur dieses Hühnchen an, von dem unsere Prinzessin da gespielt wird, eine Nachwuchsmimin aus einer der ältesten österreichischen Schauspielerdynastien, nun gut, sagte Marieluise, dazu sage sie jetzt nichts. Aber was sie selbst betreffe, so trage sie übrigens nicht nur den *Namen* der echten Marie Louise, sie habe vielmehr auch ihren Schmuck, und wenn ich ein wenig Platz machte auf der Matratze, dann käme sie auch an mir vorbei, der Schmuck sei nämlich im Geheimfach des Rosenholztischchens da drüben, wovon ich aber um des Himmels Willen wirklich nichts verraten durfte, besonders nicht den Beschaffungskriminellen und auch niemandem sonst.

So kam es, daß ich an diesem letzten Dienstagabend im Juli, nachdem meine Freundin Marieluise zuerst mich und dann mehrere Stapel Altpapier beiseite geschoben hatte, auf einmal die Ohrringe der Marie Louise von Österreich trug, ein opulentes Gehänge aus lauter großen, blauen Steinen, Schmuck von größtem künstlerischen, aber vor allem auch historischem Wert.

Und dann saß ich da auf den zerknüllten Laken und war kurzfristig selbst quasi die französische Kaiserin, im Fernsehen stolzierte ein Hühnchen in seidenen Röcken übers Parkett, und den Beschaffungskriminellen unten auf der Straße stellten sich fast unbemerkt die Nackenhaare auf.

Und während ich abwechselnd auf den Bildschirm und dann wieder in einen etwas trüben Handspiegel sah, den mir Marieluise gereicht hatte, hörte meine Freundin nun gar nicht mehr auf zu reden.

Zuerst ging es darum, daß ihre Familie die Briefe von Marie Louise Anfang der 1960er Jahre zurückgekauft hatte von einem enteigneten kubanischen Zukkerbaron, und darum, daß dies meine Freundin als kleines Mädchen außerordentlich verwirrt hatte, denn Marieluise, das war ja sie selbst und sie konnte doch noch gar keine Briefe schreiben, und wie konnten ihre Eltern die dann von irgend jemandem kaufen. Dann ging es weiter mit einem Karton, den Marieluise als Jugendliche auf dem elterlichen Eßtisch gefunden hatte, und darin befanden sich eine Uniform sowie Unterwäsche mit mehreren Löchern auf der Brust: Das war natürlich die Uniform, in welcher Maximilian I., der Kaiser von Mexiko, bekanntlich ebenfalls ein Habsburger, erschossen worden war, und von da aus kam Marieluise wiederum irgendwie auf ihre Kusine, die ihre Tochter Paolina genannt hatte, nach Paolina Bonaparte, der kleinen Schwester von Napoleon. Diese Paolina allerdings hielt wiederum Marieluises Tante, die Mutter der Kusine, für eine ausgemachte Schlampe, schon weil sie sich nackt von dem Bildhauer Antonio Canova in Marmor als Venus hatte porträtieren lassen, und zur Strafe sprach diese Tante auch mit ihrer eigenen Enkelin kaum ein Wort, allein, weil sie den schändlichen Namen Paolina trug.

Dennoch bewahrte die Tante für Paolina natürlich alles auf, was ihr selbst einst hinterlassen worden war. Den Familienschmuck, das Familiensilber, die Familienbibel, die Gemälde, das Porzellan, alles sollte Paolina einmal erben, genau wie übrigens auch die Tischchen und Sesselchen, die bei der kinderlosen Marieluise herumstanden. Denn wozu, sagte diese, ist dieser ganze Plunder wohl da? Was denkst du? Nein, doch nicht etwa um das eigene Leben zu verschönern. Das Zeug ist einzig und allein dazu da, um es aufzubewahren und weiterzugeben an die nächste Generation, mit den Zeitungen, die darauf herumliegen, oder ohne: egal, denn das Erbe ist ohnehin von sich aus heilig, und damit Punkt.

So hatten meine Freundin Marieluise und ich uns nun nicht nur in den Laken, in den alten Zeitungen und in unseren eigenen Gliedmaßen vollkommen verheddert, sondern auch in all den Nabelschnüren, die fast wie die Eisenbahnnetze überall gespannt waren, kreuz und quer durch Zeit und Raum, und unterdessen hätten wir im Fernsehen, in dem das Leben schließlich weiterging, und zwar auf weniger konfuse Weise als bei uns auf der Matratze, beinahe den historischen Anschluß verpaßt.

Denn inzwischen machte sich auch Napoleon auf den Weg nach Moskau, so wie alle sich früher oder später auf den Weg nach Moskau machen, auch wenn niemand versteht, warum, und im Gegensatz zu unseren Großvätern und zu meinen drei Schwestern, kommt Napoleon dort sogar an. Und jetzt war im Fernsehen der Kreml zu sehen, vor allem aber auch viel Feuer, und dann war Moskau so gut wie hin.

Und schon strichen dort überall Beschaffungskriminelle in Gestalt von französischen Offizieren um die Reste der Häuser, und sie rafften zusammen, soviel sie tragen konnten, Gemälde, Schmuck, Möbel und manchmal sogar alte Zeitungen, und vielleicht fanden die Dinge anschließend sogar zu einer neuen Ordnung, vielleicht aber auch nicht.

Aber ohnehin ist demnächst alles wieder verloren, zumindest für Napoleon, und der ganze Kram möbliert bestenfalls noch das Exil, zuerst auf den elbanischen und dann auf den heiligen hellenischen Seychellen, das jedoch, sagte Marieluise, sei wiederum auch kein Drama. Die Geschichte, das konnte ich ihr ruhig glauben, die hört damit doch noch lange nicht auf, denn was vor achthundert Jahren angefangen hat oder vor zweitausend, das muß doch einfach weitergehen, das kann doch gar nicht zu Ende sein.

Und dann streckte sich Marieluise, und ich streckte mich ebenfalls, und wegen der Zeitungen der letzten Tage und Wochen raschelte alles, als wir uns bewegten, und das Gehänge mit den blauen Steinen hatte ich auch noch immer im Ohr.

23

*Über Heizungskeller und noch einmal
über runde Geburtstage*

Uns, dachte ich, uns hatte immerhin dieses Stottern begleitet, unaufhörlich hatte es uns in den Ohren geklungen, und manchmal hörten wir den Rhythmus der Einschüchterung noch immer, aber selbstverständlich stets nur bei weit vorgeschrittener Nacht.

Es haben seit mindestens zweihundert Jahren wirklich alle gestottert, die Urgroßväter, die Großväter und auch unsere bereits minimal aufgestiegenen Väter und die entsprechenden Mütter dazu. Immer schon war die ganze Welt gegen sie, und die Urgroßväter, Großväter, Väter sowie die dazugehörigen Mütter mußten sich irgendwie wehren, aber sie wußten einfach nicht wie, und in ihren Mündern verhedderten sich die Wörter, und hinaus fielen lauter Knäuel aus verbogenem Dialekt und schiefem Hochdeutsch, und ihre Kinder dachten, es handele sich dabei um eine Sprache aus einem fremden Land.

Gelegentlich jedoch haben die Alten versucht, frech zu werden und aufzutrumpfen, und dann preßten sie Halbsätze und Sprachfetzen von ganz unten herauf durch ihre Kehle, und sie mühten sich, diese ganzen linguistischen Lumpen emporzuschleudern in die Gesichter derer, die sie stets beleidigt feine Herrschaften nannten. Sie nannten sie feine Herrschaften, und sie haßten sie bis aufs Blut, aber irgendwann waren sie den feinen Herrschaften schließlich doch zu Diensten, und spätestens am Ende ihres Lebens machten sie ihnen die ebenso zornigen wie unterwürfigen Hausmeister respektive die devoten und hinterlistigen Nachtwächter.

Das war der Moment, als sie vergessen hatten, daß sie bis dahin wenigstens mittelmäßige Handwerker oder gar schlagkräftige Malocher gewesen waren.

Und auch meinem Großvater, dem Schreiner, dachte ich, war irgendwann nichts anderes übriggeblieben, als Hausmeister zu werden, und Hausmeister war er dann auch geblieben.

Bis er endlich so sehr gezittert hatte, daß es ihm unmöglich geworden war, auch nur einen Schlüssel ins Schlüsselloch zu bringen, wobei niemand wußte, warum er eigentlich so zitterte, denn sämtliche Krankheiten, die Parkinsonsche inklusive, waren ausgeschlossen worden, und so zitterte er jahrelang unaufhörlich weiter, und nichts und niemand konnte ihn mehr beruhigen.

Natürlich, dachte ich, war mein Großvater schon lange, bevor er Hausmeister wurde, eingeschüchtert, so wie seine Väter eingeschüchtert waren und seine Mütter, er war eingeschüchtert seit Generationen und vom Tag seiner Geburt, auch wenn er noch so verzweifelt immer wieder versuchte, alles niederzubrüllen mit lauter, kräftiger Stimme. Das Schicksal, die Welt und das Gefühl vollständiger Erniedrigung, das keinen Anfang hatte und kein Ende, und das in seinem Körper saß, so wie die Augenkrankheit in meinem, und womöglich saß dort in mir auch noch immer diese uralte Einschüchterung, selbst wenn ich das durchaus nicht wahrhaben wollte, und es blieb mein Großvater eingeschüchtert sein Leben lang, mit Zittern oder ohne.

Nur in Rußland, da mochte für einen Moment alles anders gewesen sein. Da hat mein Großvater seinerseits andere eingeschüchtert. Und falls es bei der Einschüchterung blieb, hatten sie dort sogar Glück.

Ansonsten war es dem Großvater, dachte ich, zunächst gar nicht so schlecht ergangen, damals nach dem Krieg, denn immerhin hatte er nach seiner Rückkehr aus Rußland schnell wieder eine Anstellung gefunden, als Schreiner sogar, bei einem mittelgroßen Möbelhersteller.
Sieben, acht Jahre lang hatte er in dieser Firma eine eigene Werkstatt gehabt, in der er Schranktüren einzeln zugeschnitten und sie mehrmals abgeschliffen hat mit

immer feinerem Papier, und zwischendurch erledigte er Reparaturen an Möbeln jeglicher Art, denn auch das gehörte zum Geschäftsfeld seines Betriebs.

Mitte der 1950er Jahre jedoch war es soweit. Die Arbeitsgänge des Großvaters wurden von Maschinen erledigt, und wenig später wurden auch keine Reparaturen mehr gemacht. Weil der Chef der Firma, ein Patriarch alten Schlages, sich aber verantwortlich fühlte für seine Angestellten und überdies Mitleid hatte mit seinem beschäftigungslos gewordenen Schreiner, hatte er diesem eine neue Arbeit angeboten: So wurde mein Großvater Hausmeister.

Es war ihm gar nichts anderes übriggeblieben, als dieses Angebot anzunehmen, und fortan erwies er sich tagsüber fast schon im Stundentakt dankbar gegenüber dem Patriarchen, indem er immer wieder betonte, wie froh er sei über die neue Aufgabe, und sich überdies so oft wie möglich nach dem Befinden von dessen Familie erkundigte, und nachts streifte er nun durch seinen alten Betrieb.

Im Halbdunkeln verschloß er die verlassenen Hallen mit den Maschinen, und im Heizungskeller drosselte er das Feuer in den Kesseln, und wenn er mich, dachte ich, nicht ab und zu mitgenommen hätte, als ich als Mädchen bei den Großeltern zu Besuch war, hätte sich später überhaupt niemand mehr an den Heizungskeller und an die verlassenen Maschinenhallen erinnert, was selbst für die detaillierteste Aufarbeitung des technischen und ökonomischen Fortschritts in der Möbelbranche natürlich vollkommen ohne Belang gewesen wäre.

Ich jedoch erinnerte mich sowohl an die Maschinenhallen als auch an den Heizungskeller, und ich erinnerte mich auch daran, wie mein Großvater nach Einbruch der Dunkelheit und lange, nachdem die anderen in den Feierabend verschwunden waren, sich in seinem grauen Kittel durch die jetzt nur noch notdürftig beleuchteten Gebäudeteile auf dem Firmengelände arbeitete. Und ich, angezogen zur einen Hälfte und verängstigt zur anderen, von der Verlassenheit der Umgebung ebenso wie von der düsteren Unzufriedenheit des Großvaters, folgte ihm jedesmal so gut ich konnte, und manchmal stolperte ich mehr, als daß ich lief.

Der Großvater indessen ging mit langsamen, schweren Schritten, und dabei zog er die Mundwinkel nach unten, immer, fast immer, denn manchmal zog er sie plötzlich nach oben, und dann grinste er und lachte und fletschte die Zähne, so daß ich mich vor ihm erschreckte.

Und eines späten Abends standen wir vor dem Heizungskeller und mit beiden Händen öffnete der Großvater die Tür aus Stahl. Ich trat ein paar Schritte zurück, dann trat ich wieder vor, denn ich folgte dem Großvater in die Hitze, in den Gestank von Heizöl und in nunmehr fast völlige Dunkelheit, und der Alte stand da mit seinem bereits tief gebeugten Rücken, und mir nichts dir nichts fing er an zu brüllen, und erst konnte ich seine Stimme kaum unterscheiden von dem Lärm, in dem sie sich auflöste. Aber endlich verstand ich, was er mit gefletschten Zähnen in das Dröhnen des Heizungskellers hineinrief, und daß er so schrie, weil er es ihnen nämlich wieder einmal gezeigt hatte.

Allen, jawohl, allen, habe er es gezeigt, bloß, daß auch ich es wußte, denn da konnte ich noch etwas lernen, und ich sollte nun gut zuhören. Besonders gezeigt hat er es diesem Rohrmann, dem Doktor Rohrmann, diesem feinen Juristen, der, neben dem Patriarchen der Firma, neuerdings ebenfalls zur Geschäftsleitung des Möbelherstellers gehörte, obwohl er noch nie ein Stück Holz oder gar einen Hammer in der Hand gehabt hatte. Und nun hat mein Großvater es dem Doktor Rohrmann eben gegeben, allerdings hatte ich nicht verstanden, was. Er brüllte etwas von Erfahrung, die er, der Großvater, und nur er hatte, und von Wissen, über das niemand anderer verfügte auf der ganzen weiten Welt, nicht hier in dieser Firma und mit Sicherheit auch nirgendwo anders, noch nicht einmal in Rußland und in sämtlichen sibirischen Weiten. Gleichzeitig machte sich mein Großvater am Heizkessel zu schaffen, indem er mit dem Schraubenschlüssel an irgendwelchen Ventilen schraubte, woran ich mich ebenfalls genau erinnerte, nicht aber daran, worin sein Triumph über die Geschäftsleitung und namentlich diesen Doktor Rohrmann bestanden hatte.

Indessen bereiteten bald auch wir unsere Triumphe vor. Während uns das Stottern noch in den Ohren klang, lernten wir unser Russisch und unser Latein, und wir wurden weder Handwerkerinnen noch Malocher, aber dafür wurden wir natural born Nachwuchsklassenkämpferinnen und -kämpfer, und plötzlich waren wir die Größten. Und über diesen Doktor Rohrmann samt Kindern und Kindeskindern sowie über alle sonstigen Speckhosen und Faltenröcke konnten wir nur lachen: Weil sie ebenso blöd waren wie reich. Und ganz nebenbei haben wir es auch den Vätern, den Großvätern und den Urgroßvätern gezeigt. Denn wir hatten einfach aufgehört zu stottern, und aufgehört zu zittern hatten wir natürlich ebenfalls, vor wem hätten wir auch zittern sollen?, war ja keiner da, statt dessen formulierten wir tadellose Sätze in soundsovielen Sprachen, bitte schön, geht doch, quod erat demonstrandum, hörst du?, und dann brüllte der Großvater: häh?

Aber schließlich, dachte ich, kam dann dieser runde Geburtstag, als der Großvater nun schon lange gezittert hatte und ich bereits so gut wie erwachsen war. Es hatte der letzte des Großvaters werden sollen, denn wenige Monate später war er tot, und meine letzte Familienfeier mit der Verwandtschaft wurde es auch.

An diesem Tag hat es der Großvater auch mir gezeigt.

Während die Großtanten mit ihren Gabeln auf den Kuchentellern kratzten, sprang er plötzlich auf von der langen Kaffeetafel im Hinterzimmer einer Gastwirtschaft, an der die Verwandtschaft aufgereiht saß wie die Kundschaft auf dem Flur im Arbeitsamt. Und vollkommen unvermittelt und ohne daß ich gewußt hätte, was dem vorangegangen war, zumindest nicht an diesem Tag, stand der Großvater da, zitternd überall am Körper, bebend in seiner ganzen Gestalt, und mit geschwollener Halsschlagader und zusammengekniffenen Augen brüllte er mich an.

Und er schrie in den Saal hinein, als fauchten auch hier die Heizfeuer in den Kesseln, und die Großtanten hörten auf zu kauen, und alle starrten mich an, denn die dort sitzt, rief der Großvater und wies direkt auf mich, die dort sitzt, das ist eine Verräterin, ja, eine Verräterin bis du, mit deinem gebildeten Getue und deinem komischen Gehabe, das schlimmer wird von Tag zu Tag. Russisch, Latein und den kleinen Finger von der Kaffeetasse abgespreizt, das sehe er doch genau, und nicht nur ihn hatte ich verraten, sondern alle anderen auch, jeden Einzelnen von ihnen, wie sie hier saßen, und was, rief er, was willst du eigentlich noch hier!

Und ich, ich saß da und wußte nicht, was ich antworten sollte. Weiß ich doch auch nicht, sagte ich also, denn etwas anderes fiel mir nicht ein, und dann stand ich auf und machte mich auf den Weg.

Und während ich hinausging, sah ich noch, wie die Großmutter und die Mutter, die beide Natalie hießen wie ich, anfingen zu weinen.

Aber sehr viele Jahre später weinte dann auch ich.

Um ehrlich zu sein: Das war erst gestern.

24

Über Verformungen

Wenigstens wußte ich inzwischen also, wann das angefangen hatte. Irgendwann im 19. Jahrhundert wahrscheinlich, als die einen plötzlich unaufhörlich zitterten und die anderen sich ausbeulten und begannen, ihre Form zu verlieren. Aber sehr viel weiter half mir das jetzt auch nicht, denn langsam begann auch ich zu zittern, und vor allem begann ich, meine Fassung zu verlieren, wenn nachts das Telefon klingelte, und womöglich, dachte ich, sollte ich einfach nicht mehr drangehen, wenn der Webermichel anruft.

Ist doch blöd, daß er mich jedesmal fragt, wie weit ich bin. Was soll ich ihm denn sagen?

Und so sollte ich, dachte ich, nicht mehr lange herumreden, um am Ende doch noch zu stottern, vielmehr würde ich das Telefonkabel aus der Steckdose ziehen und auch eventuelle Post nicht mehr beantworten, Entschuldigung, lieber Webermichel, ich bin jetzt einfach einmal für eine Weile tot, denn tot zu sein, dachte ich, bedarf es wenig, und wer tot ist, ist ein König, besonders, wenn es nicht für immer sein muß, und wir nicht gleich irgendwo bei unseren Vätern landen und bei unseren Müttern.

Und wenn ich nun kurzfristig tot bin für zwei oder drei Wochen, heißt das ja noch lange nicht, daß ich wie die jungen Damen in der russischen Provinz um zwölf Uhr mittags aufstehe, dann im Bett Kaffee trinke und mich anschließend zwei Stunden anziehe. Nein, so tot bin ich schließlich auch wieder nicht, allerdings mindestens so freiberuflich, und deshalb ist es leider komplett egal, wann und ob ich aufstehe, aber wenn ich nicht früh aufstehen und arbeiten werde, dann kündigen Sie mir bitte Ihre Freundschaft, Iwan Romanowitsch. Ohnehin wäre es besser, ein Ochse zu sein oder ein Pferd oder wenigstens Steineklopferin, sozialdemokratische Lehrerin oder Maschinistin bei den Schwäbischen Eisenbahnen, da hatte Irina ganz recht, und nicht umsonst sehnte ich mich seit Jahren nach einer wie auch immer gearteten festen Anstellung, durch die nicht nur der Tag, sondern das ganze Leben eine Form bekommt. Denn wie soll der Mensch existierten, wenn alles zerläuft und auch die Arbeit keinen Anfang hat und kein Ende, und manchmal träumte ich tatsächlich davon, morgens hinzugehen zum Steineklopfen und abends wieder zurück, und das dann fünfzig Jahre lang, Hauptsache, ich wüßte immer, was zu tun wäre und wo und wie, in aller vorindustriellen Konkretheit und von mir aus auch mit der entsprechenden Brutalität: Dumm sein und Arbeit haben, das ist das Glück. Wußte doch bereits der Doktor Benn, Gottfried. Und der Doktor Tschechow, Anton, wußte es ja ohnehin.

Nun gut: zu spät. Aber auch das war längst allgemein bekannt.

Und es wird mir, dachte ich, nichts anderes übrigbleiben, als mich auch die nächsten fünfzig Jahre jeden Tag aufs Neue zusammenzureißen und meinen Hintern so breit zu sitzen, wie es irgend geht, und besonders in den nächsten zwei oder drei Wochen werde ich, wie wiederum Irina sagen würde, mindestens so viel arbeiten, wie ich bei dieser Hitze trinken möchte, und spätesten in ein oder zwei Wochen bin ich, so dachte ich, mit der ersten Hälfte meiner Übersetzung durch.

Einstweilen mochte der Webermichel womöglich etwas nervös werden, aber es war für die gute Sache, und er würde das schon überleben. Im übrigen brauchte er sich gar nicht so zu haben, er war schließlich selbst einmal unauffindbar gewesen, sogar für über dreißig Jahre, und wenn ich soweit wäre, dann würde ich den Webermichel schon von mir aus anrufen und mich womöglich sogar bei ihm entschuldigen, aber bis dahin war ich lieber eine Weile tot.

25

*Über den Webermichel sowie über Hochhäuser
und das Heldentum und schließlich auch
über Landkarten, die auf einmal verrückt spielen*

Obwohl ich den Webermichel natürlich gerne doch noch einmal gesprochen hätte. Und zwar in diesem Fall nicht erst nach Mitternacht, sondern am besten in aller Frühe und sogar noch vor der Arbeit, mit der ich jetzt pünktlich morgens um sieben begann, schon um nicht das Risiko einzugehen, daß mir dieser Iwan Romanowitsch seine Freundschaft kündigte. Und dann hätte ich den Webermichel, bevor er wach genug war, um sich zu wehren, nämlich gerne ein weiteres Mal gefragt, wo *er* sich eigentlich die ganze Zeit herumgetrieben hatte, nachdem auch er damals auf einmal verschwunden war, von einem Tag auf den anderen: weg.

Denn bisher hatte er einfach nicht geantwortet – wo warst du all die Jahre?, fort, und warum bist du wieder gekommen?, darum – und abgesehen von den allzu häufig wiederholten Hinweisen auf das pied à terre in Brooklyn, war das alles, was von ihm zu erfahren gewesen war.

Nicht, daß mich das allzu sehr verwundert hatte, sie erzählten ja nie, wo sie waren und was sie dann gemacht hatten, auf dem Weg nach Moskau oder nach sonstwohin.

Allenfalls schrieen sie hin und wieder völlig unvermittelt los, Hände hoch!, ruki wjerch, und dann wußten wir, daß sie irgendwo ihre Posten bezogen hatten, als Verteidiger der Zukunft und für das Große Ganze, und zwar nicht unbedingt im Sinne der sozialdemokratischen Partei, und irgendwie hatte ich immer darauf gewartet, daß auch der Webermichel am Telefon plötzlich zu brüllen begänne, ich solle die Hände hoch nehmen, was ich selbstverständlich widerstandslos getan hätte.

Der Webermichel hatte ja schon damals erklärt, daß er ein Held werden wollte, der allerletzte, den Deutschland noch hervorgebracht haben würde, nachdem unsere heldenhaften Großväter endlich tot waren seit Jahren, und unsere Väter regungslos auf ihren Sofas saßen und sich einredeten, es sei nun alles gut. Aber einmal, ein einziges Mal noch hätte es vielleicht doch einen geben können, der so schick war wie, wie …

Nun, zum Beispiel wie General Paulus.

Oder wie der Iwan.

Oder wie Che Guevara.

Oder wie Fletcher Christian oder wie Django oder wie wer auch immer, bevor die postheroische Gesellschaft unter Führung von Herrn Kaiser von der Hamburg-Mannheimer endgültig die Herrschaft übernahm und die Täter entweder Außerirdische oder Araber wurden. Was übrigens auf das gleiche rauskam.

Was jedoch, wenn man wüßte, dachte ich, wo der Webermichel tatsächlich in Stellung gegangen war?

Und was, wenn man erführe, was er dann angegriffen oder was er verteidigt hatte?

Würde es mir dann besser gehen?, oder schlechter?, oder wie?

Aber vielleicht würde den Webermichel, wenn er mir auf meine Fragen schon nicht antwortet, ja dennoch seinerseits interessieren, wo er sich all die Jahre herumgetrieben hatte, jedenfalls wenn es nach uns gegangen wäre, sozusagen seinen alten Kameradinnen und Kameraden von der Heimatfront, die ebenfalls Michael hießen oder Peter oder Sabine oder Gabi.

Es hatten, lieber Webermichel, was dich betrifft, nämlich lange Zeit die tollsten Theorien die Runde gemacht, denn wer weg ist, der kann jeden Tag aufs Neue etwas völlig Unerwartetes werden, je nachdem, was uns gerade einfällt, und zumindest für *einen* siegt das Mögliche über das Wirkliche, auch wenn derjenige davon noch nicht einmal etwas weiß. Vielleicht, dachte ich, wäre es langsam an der Zeit, dem Webermichel einmal zu erzählen, *was* wir uns so alles ausgedacht und an welchem wunderbaren Heldenepos wir kollektiv gedichtet hatten, denn immerhin war in unserer gemütlichen Parallelgesellschaft damals die Phantasie an der Macht, und nicht, wie sich so viele einbildeten, Helmut Schmidt und seine unbeugsame Sozialdemokratische Partei.

Was, hatten wir immer wieder gefragt, was macht eigentlich unser Webermichel? Und dann schlugen wir meistens vor, schnellstmöglich irgendwohin zu gehen und Kaffee zu bestellen oder besser noch Bier, und dabei stellten wir zwar jedesmal zunächst fest, daß wir keine Ahnung hatten, was unser Webermichel machte, aber ganz bestimmt machte er irgend etwas Kühnes, ganz im Gegensatz zu uns. Schon ein großartiger Kerl, sagten wir, man hätte das früher wirklich nicht gedacht. Er sei leider immer ein wenig zu großspurig gewesen und auch ein wenig eitel mit seinen Hosen, die irgendwann nicht mehr aus rauhem Leder waren, sondern aus weichem, schwarzem Samt und überdies so eng anlagen wie eine zweite Haut, übrigens genau wie die *seines* Helden, der den Namen Baader, Andreas trug.

Von diesen merkwürdigen Hosen abgesehen, das bestätigten wir uns gegenseitig, war unser Webermichel jedoch ein ausgesprochen netter und großzügiger Bursche, der uns immer erlaubt hatte, seine Hausaufgaben abzuschreiben, und jetzt, so waren wir uns ebenfalls zum wiederholten Male einig, war er eindeutig verwegener als wir und zudem wesentlich konsequenter. Wahrscheinlich, sagten wir, ist er nicht nur von der Provinz in irgendeine Metropole gegangen, sondern gleich in die Stadt der Städte, nach New York, um dort Schauspieler zu werden oder Regisseur, genau wie er es immer angekündigt hatte, und wenn das tatsächlich stimmte, war das schon einmal nicht schlecht, und darauf, dachte ich, stießen wir auch immer wieder an, mit dem ersten Bier und mit dem zweiten noch einmal.

Indessen, dachte ich, hatte es für uns durchaus nicht immer dabei bleiben müssen, den Webermichel mit Hilfe unserer Vorstellungskraft zum Theater oder eventuell zum Film gebracht zu haben. Vielmehr waren wir, je nach unserer Tagesform und je nach dem, ob wir nur ein wenig Kaffee bestellt hatten oder vielmehr sogar noch größere Mengen an Bier, auch bereit gewesen, noch einen beträchtlichen Schritt weiterzugehen, und unseren Webermichel, gewissermaßen stellvertretend für uns alle, nicht nur mit unseren Schwäbischen Eisenbahnen all the way nach New York zu schicken. Vielmehr trauten wir ihm sogar noch beträchtlich größere Abenteuer zu, und die größten Abenteuer, die ereigneten sich damals natürlich an einem Ort, an dem ebensowenig jemals jemand gewesen war wie in der Heimat, und dieser Ort trug den verlockenden Namen: Untergrund.

Wie auch immer: Gewiß war, daß unser Webermichel weder ins Kloster eingetreten war noch in die sozialdemokratische Partei und er bis dato weder in Stuttgart jemals wieder gesehen worden war noch in Ulm oder Biberach oder in irgendeiner unserer prächtigen deutschen Metropolen. Dabei ahnten wir zwar, daß er sich wahrscheinlich doch nur an einem beliebigen Stadttheater vom Regieassistenten zum Oberspielleiter hochgearbeitet hatte, irgendwo, den Blicken selbst des Feuilletons entzogen, in der österreichischen oder in der deutsch-schweizerischen Provinz. Zur Auswahl standen dann etwa Solothurn oder auch St. Pölten, wo niemand den Webermichel kannte und wo ihn keiner von uns sah, und wo er sich ungestört in seinem theatralischen Handwerk üben konnte, um eines Tages endlich doch noch groß rauszukommen, als Intendant in Ulm, aber selbst wenn das so gewesen sein mochte, so sollte uns das nicht weiter kümmern.

Jedenfalls waren die Posten, die *wir unseren* Webermichel beziehen ließen, für die Zukunft und für das Große Ganze, ausgesprochen abwechslungsreich, nicht nur derjenige in New York, sondern vor allem auch der im mutmaßlichen Untergrund, wo wir unseren alten Schulfreund fast noch lieber sahen als irgendwo sonst. In diesem Fall, so malten wir uns aus, war er sogar zu allerlei Fortbildungsaufenthalten verpflichtet, unter anderem in Kuba und auf den sozialistischen südjemenitischen Seychellen, wo er sich zum besten Schützen diesseits von Laramie am Fuß der Blauen Berge ausbilden lassen und überdies lernen konnte, sich mit seinen Samthosen zu wälzen im Wüstensand, und bei dieser Vorstellung konnten wir uns kaum mehr retten vor Lachen, aber natürlich waren wir auch voll des Neides.

Insgesamt waren wir jedenfalls glücklich, glücklich mit unseren Visionen, nicht daß wir uns das tatsächlich bis ins Detail vorstellen konnten, was *genau* aus unserem Webermichel hätte werden können, aber während *wir* immer nur zusahen und heute an dieses glaubten und morgen an jenes und das auch immer nur in unserer Freizeit, gab es immerhin ein paar Wenige, die handelten, gerade unter den Kindern der schwäbischen Provinz, und wenn es nach uns ging, gehörte unser Webermichel genau zu diesen, also sag schon, lieber Webermichel, wie findest du das?

Einige von denen, die handelten, hatten schließlich auch wir gekannt, oder wenigstens deren jüngere Geschwister oder nachgeborene Kusinen, und bisweilen hatten wir sogar angenommen, daß die Verkehrssprache im Untergrund das Schwäbische sein mußte. Mit den drei kleinen Schwestern der Ensslin, Gudrun, beispielsweise, hatten wir auf allerlei christlichen Jugendfreizeiten etwa das Lied von den Eisenbahnen zur Gitarre gesungen, und die Gudrun selbst rezitierte, anders als der leider eher analphabetische Baader, Andreas, in den Klassenkampfpausen bekanntlich sogar Gedichte des Tübingers Hölderlin, Friedrich, auf schwäbisch, was uns klammheimlich freute, und wenn es also danach ging, verfügte unser Webermichel durchaus über die entsprechende sprachliche Qualifikation und über die landsmannschaftlichen Voraussetzungen ja sowieso.

Schon von daher konnte, sagten wir uns, auch unser Webermichel vom bloßen Zuschauer zu einem Subjekt der Geschichte werden, und ohnehin war es irgendwann Zeit gewesen, daß die zweite beziehungsweise sogar die dritte Generation von Kämpferinnen und Kämpfern sich bereit machte, um ihre Posten zu beziehen, für die Zukunft und für das Große Ganze. Denn die erste Generation war inzwischen im Knast beziehungsweise tot seit Jahren, und ab und zu beteten die Hinterblieben sogar für sie, auch wenn unklar war, zu welchem Gott. Jedenfalls war der Untergrund der einzige Ort auf der Welt, wo man noch Wert legte auf familiäre Kontinuität, und der Webermichel war dermaleinst schließlich regelmäßig mit den schwäbischen Eisenbahnen zu den Prozessen nach Stammheim gefahren, in eine Vorstadt aus nichts als Beton, wo die Stimmen zurückgeworfen wurden von den Wänden, und wer wußte, welche Stimmen der Webermichel da gehört, und wer wußte, was sich daraus dann entwickelt hat, mein liebes Kind, wer weiß das schon.

Ansonsten wußten wir natürlich nicht, wie es war, im Untergrund anzukommen und wohin man sich bei der Ankunft wenden mußte, wahrscheinlich mußte man einfach irgendwo drei Mal klingeln, und zwar in einem Hochhaus in einer Neubausiedlung in irgendeinem Ballungsgebiet, in Erftstadt-Liblar in der nordrheinischen Provinz zum Beispiel, warum nicht, und anschließend haute man sich in einer leeren Wohnung mit ein paar anderen auf irgendwelche Matratzen auf dem nackten Boden und wartete erst einmal, was geschah. Diese Warterei allerdings stellten wir uns fürs erste weder besonders romantisch noch besonders verwegen vor, und sowohl Kuba als auch die sozialistischen südjemenitischen Seychellen waren von Erftstadt-Liblar leider recht weit entfernt.

Dann vielleicht doch lieber erst einmal New York.

In diesem Fall wußten wir wenigstens, wie es war, dort anzukommen, an der Penn Station, 34. Straße, Manhattan, und wahrscheinlich war für unseren Webermichel umgehend alles easy und alles kein Problem. Bestimmt hat ihn, falls er es tatsächlich nach New York geschafft hat, innerhalb kürzester Zeit sogar noch der greise Lee Strasberg persönlich zum Studium des sogenannten Method Acting an seinem Theater- und Filminstitut in der 15. Straße aufgenommen, was allerdings hieß, zuallererst zu lernen, wie man sich erinnert. Das aber kann so easy doch nicht gewesen sein, vielmehr war das ein recht schwieriges Unterfangen.

Aber nur die Erinnerungen machen die Schauspielkunst, denn am besten kann man schließlich immer noch das darstellen, was man selbst schon irgendwann erfahren und gespürt hat und was also noch vorhanden ist im eigenen Körper, und von diesen fundamentalen theatralischen Erkenntnissen hatten auch wir schon gehört.

Vor allem jedoch hatten wir gehört, wer sonst alles schon in der 15. Straße gelernt hatte, sich zu erinnern, denn dieses Institut von Lee Strasberg, das war die ganz große Welt. Sicher roch es dort noch immer ein wenig nach Marilyn Monroe und vielleicht auch nach Marlon Brando und James Dean, aber bestimmt nicht nach dem Baader, Andreas, der zwar dachte, er sei noch viel toller als wiederum Django oder Fletcher Christian persönlich, aber dennoch roch es nach dem höchstens irgendwo im Ballungsgebiet in der westdeutschen Provinz.

Und es war, dachte ich, nämlich *doch* wahr, daß der Webermichel und ich ganze Nachmittage lang miteinander auf dem Boden unter den Bäumen im Wald gelegen hatten und sich dann eines Tages eine Zecke in meinem Bauchnabel festbiß, auch wenn er mir das am Telefon nicht hatte glauben wollen, bevor ich nun begonnen hatte, mich tot zu stellen. So ein Blödmann, dachte ich, in New York muß er doch auch der beste *Erinnerer* diesseits von Laramie geworden sein, und sicher konnte er sich in Wirklichkeit nicht nur an *mich* erinnern und an unsere Schäferstündchen im Wald, sondern sogar an jede einzelne Tannennadel in seinem nackten Hintern. Und wie sich das angefühlt hatte, als es ihn überall stach, das hätte er dann auch Lee Strasberg sowie sämtlichen Mitstudenten in der 15. Straße vorspielen können als das, was man dort im Actor's Studio einen Private Moment nannte, und zwar ganz sicher unter donnerndem Applaus der ganzen Klasse zukünftiger Hollywoodstars.

Andererseits fiel uns in unseren Wirtshäusern dann plötzlich ein, daß wir uns von dem bißchen New York eigentlich doch nicht beeindrucken lassen wollten. Nichts gegen dieses sogenannte Method Acting, aber wer war schon Lee Strasberg?, und was sollte das mit der großen Welt? Das war doch auch nur so eine Vorstellung aus der Provinz, die wir jedoch alle längst hinter uns gelassen hatten, genauso wie das Zittern vor Autoritäten, die inzwischen abgeschafft waren, zumindest für eine ganze Weile. Und so waren wir selbstverständlich davon ausgegangen, daß es kurzfristig auch keine Regisseure mehr gab, und darauf, daß er sich als Regisseur also umgehend selbst entmachtet haben mußte, war unser Webermichel, dachten wir, bestimmt ganz besonders stolz, und wir waren es natürlich mit ihm.

Die weiteren Perspektiven waren dafür meistens recht unklar, und um diese immer wieder neu zu erhellen, brauchten wir stets weiteren Nachschub an Bier, und so winkten wir schleunigst die Kellnerin herbei, um fortzufahren mit unseren Spekulationen.

In jedem Fall gingen wir nämlich davon aus, daß der Webermichel früher oder später ein hierarchiefreies Kollektiv gegründet haben mußte, entweder in Gestalt einer internationalen Theatergruppe, im East Village, wo sonst?, oder aber eben in Form einer kriminellen Vereinigung mit möglichst vielen konspirativen Wohnungen in möglichst vielen Hochhäusern, nicht in östlichen Dörfern, sondern überall in der westdeutschen Provinz. Aber sowohl in *East* Village wie im *West* Ballungsgebiet kamen die eindrucksvollsten Verkleidungen zum Einsatz und dazu gefärbte Haare und natürlich alle Arten von Perücken.

Ab jetzt entschied selbstverständlich die Gruppe.

Über die Stücke, die gespielt, und über die Banken, die ausgeraubt werden sollten. Darüber, wer welche Rolle übernehmen konnte, als Täter zum Beispiel oder vielleicht auch als Anschlagsopfer, warum nicht? Und dann wurde beschlossen, wer wann schießen, und ganz nebenbei auch darüber, wer wann sterben sollte, und ob dabei echtes Blut fließen würde oder nur Ketchup, und schließlich wurde natürlich auch festgelegt, wer mit wem schlief, denn sowohl im East Village als auch auf den Matratzen im Ballungsgebiet war ficken eins mit schießen, ja, meine drei Schwestern, nun drehen Sie sich doch bitte nicht gleich weg. Der Rest meiner bescheidenen Enthüllungen aus der Zukunft hat Ihnen doch offenbar auch nichts ausgemacht. Als Russinnen können Sie es sich schließlich gar nicht leisten, so zimperlich zu sein. Von wegen russischer Seele. Alles Kitsch gepaart mit schlimmster Grausamkeit.

Wie? Sie wissen gar nicht, wovon ich rede? Und was ist mit Sibirien, dem Gulag, der weltweiten russischen

Mafia? Da müssen Ihnen die Matratzenlager im East Village oder im Ballungsgebiet samt dem bißchen Sex und den paar Entführungen und Morden doch vorkommen wie Ferien auf dem Lande.

Apropos Rußland. Sehen Sie, meine drei Schwestern, der Punkt ist doch der, daß die Welt auf einmal nicht mehr in Ihrem großartigen Moskau endete und übrigens auch nicht in unserem phantastischen New York!
Statt dessen waren wir eines Morgens aufgewacht, und da hatte die Landkarte verrückt gespielt, und es waren plötzlich die merkwürdigsten Länder erschienen. Laos zum Beispiel, Uganda oder auch El Salvador. Kein Mensch hatte jemals von diesen Ländern gehört, und schon gar keiner war jemals dort gewesen, sowenig wie im Untergrund oder eben an dem Ort, den man in Tübingen noch immer Heimat nannte, zumindest am dortigen Institut für Philosophie.
In Laos, Uganda und El Salvador jedoch herrschte nicht das Prinzip Hoffnung, sondern es wüteten Krieg, Folter, gewalttätige Diktatoren, aber gerade deshalb fühlten wir uns dort umgehend seltsam heimisch, fast so heimisch, als marschierten wir an der Hand unserer Großväter geradewegs nach Moskau. Aber während wir nun jeden Tag genauer sahen, was diese dort angerichtet hatten auf *ihrem* langen Marsch, marschierten wir auf *unserem*, und unterwegs versicherten wir die jeweiligen Völkerschaften unserer umfassenden Solidarität: *Bevor* wir abends ins Wirtshaus gingen, *während* wir dort saßen und zu Hause in unseren Betten schließlich noch ein weiteres Mal.
Dann schliefen wir.

Und wir schliefen so sanft wie nie zuvor.

Denn die internationale Solidarität – das war die Zärtlichkeit der Völker, das hatte uns der Doktor Guevara, Ernesto, der Arzt war wie die Doktores Tschechow, Anton, sowie Benn, Gottfried, und ja auch Kammerer, Wolfgang, noch versichern können. Und für einen kurzen Moment waren wir nicht mehr so allein, sondern wir waren verbunden mit der ganzen Welt, mit all unseren Genossinnen und Genossen von Padua bis San Francisco, und natürlich auch mit sämtlichen Befreiungskämpfern in den finstersten Dschungeln. In den Nächten hörten wir sie atmen, und dann atmeten wir mit ihnen im selben Rhythmus, in einer einzigen umfassenden Conspiration.

Und *sie*. Und *sie*, dachte ich, *sie* hatten dagelegen wie Jesus Christus persönlich.

Aber das, lieber Webermichel, war unter Garantie sogar *dir* im Gedächtnis geblieben, oder etwa nicht? Daran mußt du dich doch einfach erinnern, und zwar bis ans Ende aller Tage, selbst wenn du *mich* anscheinend halb vergessen hast, und auch wenn du nun so tust, als hätte es niemals ein Solothurn gegeben, genausowenig wie ein St. Pölten.

Denn jeder Einzelne von uns hatte diese Bilder im Kopf, wie sie dalagen wie Jesus Christus persönlich zur Erlösung der Menschheit von allem Übel, und zuerst lag da natürlich der Doktor Guevara selbst, Bart, dunkle Locken, zerschundene Brust und dabei die Augen noch immer geöffnet, die Kreuzesabnahme eines alten Meisters. Als nächstes dann der Meins, Holger, ein Märtyrer, von dem nichts als leere Augenhöhlen übrig geblieben waren und ein paar knochige Hände auf weißem Satin, und schließlich die großen Tragödinnen Meinhof, Ulrike, sowie Ensslin, Gudrun, und natürlich auch der Baader, Andreas. Sie alle hatten dagelegen, mit wächsernen Gesichtern, leidend, nun mehr für alle Zeiten, auf ihren Bahren unter garstigen Sonnen und bösen Sternen, im Dschungel von La Higuera in Bolivien, in der Justizvollzugsanstalt Wittlich in der Südeifel und schließlich auch in unserem schönen Suttgart-Stammheim. Einer hat sie ausgezogen und ein anderer routiniert gewaschen, und wir, ungläubig, entsetzt und voller Wut&Trauer, hatten dieses Mal endlich hingesehen, beziehungsweise wir hatten hinsehen lassen, und zwar mit akribischer Genauigkeit, und am Ende wußten wir sogar, wie sie ausgesehen hatten auf der Innenseite ihrer Körper. Denn wir kannten, dachte ich, sämtliche Details aus den Obduktionsprotokollen der Ärzte, und während wir wieder und wieder in aller Ausführlichkeit die Beschreibungen von Brüchen der Kehlkopfknorpelhörner sowie von Ausschußöffnungen und Verletzungen des Stammhirns rezitierten, bestellten wir stets weitere Runden Bier.

Also noch einmal: Habt ihr schon gehört, was der Webermichel und die Seinen jetzt wieder gemacht haben?

Keine Ahnung, was sie jetzt wieder gemacht haben, aber sicher war, daß auch sie sich opferten und gegen das Elend in der Welt kämpften mit allen Mitteln und ebenfalls unter Einsatz des eigenen Körpers, und sofern der Webermichel und die Seinen in New York waren, so stellten wir fest, erinnerten sie sich offenbar unaufhörlich an die allerschlimmsten Sachen und wälzten und quälten sich, wie sie nur konnten, Schmerzensmenschen aus Manhattan, Heilige aus dem East Village. Denn jenseits von Solothurn, St. Pölten und der Schaubühne in Berlin war das Theater neuerdings grausam, so grausam wie die Welt, und die Schreie bei den Aufführungen und Performances im East Village hörten wir fast bis in unser Wirtshaus.

Einmal hatte einer ganze vierundzwanzig Stunden lang kopfunter öffentlich an einem Seil an einer Feuerleiter in der Bowery gehangen, aus Protest gegen die brutale Mißhandlung politischer Gegner in Chile, Argentinien und Panama, und vielleicht, sagten wir, war das ja unser Webermichel, der sich da geopfert hatte, ja, mein Lieber, dachte ich, hättest du vielleicht ruhig einmal machen können, dich ein wenig opfern, irgendeiner muß sich damals doch geopfert haben. Aber hinterher wollte es natürlich wieder keiner gewesen sein, sondern alle hatten umgehend alles vergessen, oder sie schworen schleunigst ab, und wir waren es natürlich auch nicht gewesen. Dabei hätten sämtliche Optionen, die wir dem Webermichel andichteten, genauso gut unsere eigenen sein können, wenn wir nur entweder ein ganz klein wenig mehr Mut gehabt hätten oder ein ganz klein wenig mehr Wahnsinn, je nachdem, und dann hätten auch wir uns entweder exzessiv vergnügt, oder wir hätten exzessiv gelitten, und nachts hätten wir unaufhörlich gefickt und tags unaufhörlich geschossen oder umgekehrt.

Statt dessen machten wir grundsätzlich gar nichts, aber dafür wußten wir den Webermichel in der Bowery im East Village beziehungsweise in Erftstadt-Liblar in der westdeutschen Provinz, und in letzterem Fall hatten der Webermichel und die Seinen nicht nur gefärbte Haare, sondern auch spießige Schnauzbärte, und verkleidet waren sie allesamt als Herr Kaiser von der Hamburg-Mannheimer, und irgendwann hatte es ja auch innerhalb von drei Wochen vier Banküberfälle gegeben, mit entsprechend reichhaltiger Beute, für die gute Sache.

Hände hoch!, ruki wjerch!, hatten sie gerufen, denn natürlich erinnerten sie sich nicht nur an Django oder an Fletcher Christian und sämtliche verwandten und verschwägerten Filme. Vor allem hatten sie offenbar auch das, was ihre Großväter erfahren und gespürt hatten, noch in ihren eigenen Körpern, und, mit *Method* oder ohne, erinnerten sie sich daran, wie sich die Großväter bewegt hatten und wie man sich gegen Widerstände seinen Weg bahnte. So kannten der Webermichel & d. Seinen auch die Kommandos, und sie wußten, daß es am Ende des Tages Tote gegeben haben wird, nur daß jetzt nicht die Eroberung von Moskau, sondern die endgültige Befreiung von Faschismusundkapitalismus unmittelbar bevorstanden, womit unter anderem auch die Verbrechen der Großväter beziehungsweise der Väter wieder ausgeglichen wären, oder etwa nicht? Und die eigene Schuld, die zählte dann praktischerweise: nichts. Das aber war doch schon einmal: etwas – und auch darauf stießen wir womöglich an.

Und nun? Was haben wir inzwischen von alldem?
Wie: Was haben wir von alldem?
Was sollen wir schon davon haben?

Unser Held samt Epos war jedenfalls bald gewissermaßen in sich selbst zusammengefallen, da konnten wir gar nichts machen. Denn auch wenn unser Webermichel der kühnste Darsteller sowie der verwegenste Schütze diesseits von Larimie am Fuß der blauen Berge war, furchtloser als General Paulus, der Iwan, Marlon Brando und Andreas Baader zusammen, so mußte er, da wir noch nicht einmal gelegentlich etwas von ihm gehört hatten, nach unseren Schlußfolgerungen früher oder später unweigerlich doch wieder in der Provinz gelandet sein.

Inzwischen waren nämlich sowohl avantgardistische Theaterkollektive als auch kriminelle Vereinigungen in der westlichen Welt irgendwann aus der Mode gekommen, und jetzt blieben wirklich nur noch alle Arten von Solothurn oder St. Pölten respektive nur die thüringische oder sächsische Provinz, und in letzterem Fall war unser Webermichel darauf angewiesen, daß sich die allzeit besorgte Arbeiterundbauernrepublik um ihn kümmerte, und zwar wie um ihren eigenen minderjährigen Sohn. Sie würde ihm eine Arbeit in der Produktion geben und eine Wohnung im Plattenbau, und vor allem würde die graue Mutter Stasi ihm stets aufs Neue klarmachen, was er sagen sollte und wer er nun sei, und eine solche Fürsorglichkeit hatten wir für unseren Webermichel wirklich nicht gewollt, und für uns noch viel weniger, und so hatten wir das alles schließlich nicht gemeint.

Das, dachte ich, war das Ende unseres kleinen Heldenepos vom Webermichel.

Alles Täuschungen, in jeder Hinsicht sowie von vorne bis hinten und von hinten bis vorne, das mußte ich durchaus zugeben, und letztlich dachte ich, war es überflüssig, darüber noch viele Worte zu verlieren, und den Webermichel mußte ich deshalb eigentlich auch nicht mehr sprechen.

Ist ja ohnehin schon lange her, fast so lange wie Stalingrad, und wer will sich daran noch erinnern, in unserer hoffnungsfrohen Zeit, da wir ganz sicher alle demnächst wieder nach Moskau aufbrechen, egal, wo das jetzt liegt. Und ich persönlich sehe, dank meiner Augenkrankheit, ohnehin ganz neuen, besseren Täuschungen entgegen, dem Schrotflintengesichtsfeld, dem Tunnelblick, und damit jeder Menge noch völlig unbekannter Visionen.

Aber vielleicht, dachte ich, könnte ich dem Webermichel in seiner immerhin überaus sozialverträglichen Einsamkeit in der provisorischen Wohnung in Ulm wenigstens einmal die ganzen Haltstationen aufzählen, die in unserem Heldenepos vorkamen. Fünfundzwanzig, wenn ich richtig mitgezählt hatte, von A wie Argentinien bis W wie Wittlich, Hamburg-Mannheim, die Heimat von Herrn Kaiser, noch nicht einmal mitgerechnet.

Dazu jedoch hätte ich meinerseits die Anrufe des Webermichel beantworten müssen, und auch die Frage, was *ich* eigentlich die ganze Zeit gemacht hatte, zumindest in den letzten paar Wochen.

26

*Über das allgemeine Rechnungswesen sowie
Finsterlinge verschiedenster Art*

Sehr verehrtes Jüngstes Gericht respektive wer sonst zuständig ist für Bilanzen aller Art! Zunächst bitte ich Sie freundlichst zur Kenntnis zu nehmen, daß ich in meinem sorgfältig konservierten jugendlichen Enthusiasmus immerhin noch davon ausgehe, daß es für übergeordnete sittliche Aktivitäten wie die Ihren überhaupt noch Planstellen gibt im postmodernen Weltgeschehen, und gleichzeitig möchte ich mich hiermit auch entschuldigen, für jedwede bis dato erfolgte Geringschätzung Ihnen gegenüber sowie gegenüber den Ihnen nachgeordneten Organisationen, also dem Himmel beziehungsweise der Hölle. Wir hatten es einfach nicht besser gewußt, und Sie machen es einem überdies wirklich nicht ganz leicht, auch nur den leisesten gutgläubigen Gedanken an Sie zu verschwenden.

Zudem ist mir klar, daß es ja schon schwierig und höchst aufwendig ist, jede einzelne menschliche Existenz erst einmal zu registrieren, und daß sich dann noch jemand um die Details kümmern sollte, also mit dem, was, moralisch gesehen, gut lief und was schlecht, das ist natürlich der pure Luxus. Es ist daher durchaus möglich, daß ich jetzt einfach ins Leere spreche, und wirklich niemand da ist, der sich für all das interessiert, aber falls Sie doch da sind, hochgeschätzte Endabrechnungsstelle, dann hören Sie mir bitte einen Moment zu, obwohl Sie natürlich sehr beschäftigt sind, denn was haben Sie nicht alles endabzurechnen.

Schließlich ist es immer ein großes Durcheinander mit den Guten und den Bösen, das haben inzwischen sogar schon die dämlichsten Hollywood-Schmonzetten erkannt, in denen jetzt zumindest jeder zweite Täter gleichzeitig auch Opfer ist, beziehungsweise sind umgekehrt fast alle Opfer neuestens auch irgendwie Täter, weshalb es zunehmend schwieriger für Sie werden mag, die Leute am Ende in die richtige Richtung auf die allerletzte Reise zu schicken: in den Himmel, die Hölle, oder dorthin, wo fegefeuerähnliche Zustände herrschen.

Deshalb will ich auch gar nicht lange stören und nur ganz kurz schon einmal von *uns* sprechen, ohnehin mag Ihnen das etwas frühzeitig erscheinen, denn eigentlich sind wir noch nicht dran. Auch wenn ich persönlich mich derzeit aus strategischen Gründen für eine Weile totstellen mag, erfreuen wir uns generell bislang ja bester Gesundheit, und es können noch die tollsten Dinge geschehen, um nicht zu sagen: Wunder, auch wenn wir gelegentlich etwas lethargisch erscheinen mögen, lethargisch, aber immerhin nach wie vor hoffnungsfroh am Beginn dieses neuen Jahrhunderts, wobei wir dazu allerdings gleich etwas anders stehen, sobald uns keiner sieht, und auch das vergangene Jahrhundert war ja insgesamt nicht das beste per Saecula saeculorum, womit wir auch schon beim Thema wären, denn wir würden schon Wert darauf legen, daß es gerade in diesem Durcheinander am Ende nicht noch zu Verwechslungen kommt.

Kurz: ich wollte mal sagen, daß zumindest *wir* absolut nichts getan haben, nur daß das schon einmal klar ist.

Werte Endabrechnungsstelle, jetzt sagen Sie sicher, daß das alle behaupten und daß Sie das nicht glauben, aber ich kann Ihnen versichern, kaum jemand auf der Welt ist so wenig schuldig wie wir: Wir sind geradezu Personifikationen der allumfassenden Schuldlosigkeit, im Gegensatz zu so gut wie allen anderen. Wir wissen zu wandeln mit zierlichen Schritten durch vorrevolutionäre Kirschgärten und postkapitalistische Kongreßzentren, und wir haben wirklich nichts getan, keine Kriege geführt, keine Bomben geworfen, keine letzten Gefechte angezettelt, nein, wir sind nicht wie die da oder wie die dort, auf die wir zeigen können mit nackten Fingern, weil wir sie ganz genau kennen und genügend Aufsätze gelesen und noch viel mehr Dokumentarfilme gesehen haben, und wenn Sie möchten, können wir Ihnen auch gerne behilflich sein bei der Vorbereitung der entsprechenden Verfahren gegen sie.

Jahre haben wir in Kinos und Jahrzehnte vor dem Fernseher verbracht, wir wissen, wie sie aussehen, wir wissen, was sie getan haben, Gauleiter und Tschekisten, Serben und Islamisten, sämtliche Finsterlinge des alten und auch schon die aufsteigenden Delinquenten des neuen Jahrhunderts. Streicher, Julius und Berija, Lawrentij beziehungsweise Milošević, Slobodan und Bin Laden, Osama, einmal abgesehen von dem etwas peinlichen Statisten Baader, Andreas, jeden Einzelnen können wir beim Vornamen nennen, wir kennen ihre Geburts- und gegebenenfalls ihre Todesdaten, ihre soziale und politische Herkunft, ihre ideologische Entwicklung und natürlich all ihre Verbrechen, aber trotzdem sind sie uns natürlich mindestens ebenso fern wie meine russischen drei Schwestern in der Zeit und auch im Raum, und niemals hätten wir mit ihnen etwas zu tun gehabt haben können, auch dann nicht, wenn wir gewollt hätten.

Und die Gauleiter und die Tschekisten, die Serben und die Islamisten, die wollten ja übrigens auch nichts von uns.

Indessen bin ich gespannt, wie Sie es eines Tages finden werden, daß wir stets ein wenig Widerstand geleistet haben, so wie wir bis heute Widerstand leisten, gegen die Rechtschreibreform oder gegen die Erhöhung der Müllentsorgungspauschalen für unsere Wohnungen und natürlich gegen den Abriß des Stuttgarter Hauptbahnhofs, dem Herzstück des gesamten schwäbischen Eisenbahnwesens, gegen dessen Zerstörung wir selbst aus der Ferne gleich mehrere Unterschriften erbracht haben. Dabei nutzt uns freilich bis heute unsere jahrzehntelange Übung im Widerstehen, denn Zumutungen hat es immer genug gegeben, auch wenn ich mich im Augenblick nicht so genau erinnern kann, worin diese im Einzelnen bestanden haben, aber wenn es mir wieder einfällt, reiche ich das selbstverständlich nach. Es wird aber wohl irgend etwas mit Nazi-Eltern darin vorkommen, auch wenn wir gar keine richtigen Nazi-Eltern mehr gehabt hatten, zu mehr als maximal zu Flakhelfern oder zu Fähnleinführern beim Jungvolk haben es die Väter nicht mehr gebracht, und die Mütter waren höchstens noch Ringführerinnen beim Bund Deutscher Mädel. Aber darauf konnten wir damals keine Rücksicht nehmen, wir haben sie trotzdem umstandslos beschuldigt, notfalls wenigstens des Mitläufertums, dem wir sicher niemals verfallen wären und tatsächlich auch niemals verfallen sind, niemals, nie, nur damit Sie das wissen.

Aber mit wem, das werden Sie einwenden, hätten wir denn auch mitlaufen sollen, und da haben Sie dann auch wieder recht.

Vielmehr haben wir heute an dieses geglaubt und morgen an jenes, und irgendwie hatten wir auch immer weg gewollt, mit unserem leichten Gepäck, von dem wir immer so sehr schwärmten. Weg hier, endlich weg, unseretwegen auch nach Moskau, und selten mußten wir erleben, wie irgend etwas ernst wurde, und so kann ich Ihnen im Moment leider auch nicht sagen, ob wir jemals etwas wirklich gewollt haben.

Jedenfalls haben wir wirklich immer nur zugesehen, bei den Kriegen, bei den Bomben und bei den letzten Gefechten, und niemals haben wir an der Flak geholfen, und Zuschauer waren wir auch nur werktags, und am siebten Tag haben wir geruht. Ansonsten haben wir brav gelebt, viel braver als alle anderen, keine Hitlerjugend, keine RAF, keine Stasi, und noch nicht einmal viel Rolling Stones und sonstige Verwegenheiten etwa in Form von wohltemperiertem Sex und butterweichen Drogen oder wohltemperierten Drogen und butterweichem Sex, wir lebten aufrecht, wenn auch nicht besonders bescheiden, aber dafür stets auf der Höhe der jeweils letztgültigen Gegenwart, die schon nach kürzester Zeit wieder abgelaufen war, wie die Betriebsgenehmigung eines Fahrgeschäfts auf dem Rummel.

Aber da ist doch, werden Sie sagen, der Weber, Vorname Michael, wo war denn der eigentlich all die Jahre? Bevor er verschwand, nach New York oder wohin auch immer, hatte man ihn doch mehr als einmal gesehen bei den Prozessen in Stammheim, und ob wir also sicher seien, daß er tatsächlich in New York war und nicht vielmehr in irgendeiner Provinz, in Thüringen vielleicht oder womöglich sogar in Sachsen, wo die Staatssicherheit für ihn sorgte, wie für ihren eigenen Sohn. Aber auf diese Frage haben wir leider im Moment auch keine Antwort, und so schlagen wir vor, die Sache Weber, Michael, gegebenenfalls einfach separat zu bilanzieren.

Ansonsten, werte Endabrechnungsstelle, war wirklich nie so viel Schuldlosigkeit wie hier und wie jetzt, und wir, das müssen Sie zugeben, wir sind einmalig und etwas ganz Besonderes, welthistorische Sonderlinge, menschheitsgeschichtliche Anomalien, aber auch dafür können wir nichts, und auch das haben wir uns nicht ausgesucht, und ich gebe zu, daß wir noch niemals viel riskiert haben, aber dafür haben wir uns auch nie richtig verrannt, und wir haben niemanden geboren, aber auch niemanden getötet, außer natürlich unsere Väter, die nun tot sind seit Jahren, und auch unsere Mütter.

Dafür allerdings werden auch Sie Verständnis haben, denn das hatten wir tun müssen, weil das Töten der Väter, der Mütter sowie auch all jener Zeiten, die einmal anderen gehört haben und die deshalb fremde und unangenehme Gerüche tragen, seit jeher die vornehmste Aufgabe nicht nur der männlichen, sondern auch der weiblichen, der leinenkleidertragenden Jugend ist. Aber natürlich haben wir längst alles bereut, denn wie konnten wir nur so grausam sein, und wir wünschten uns, wir wären wenigstens dort gewesen, als die Väter und die Mütter auf den Bahren lagen, und hätten ein einziges Mal in ihre wächsernen Gesichter geschaut, während sie selbst schon in die garstigen Sonnen und in die bösen Sterne sahen, und nichts mehr von ihnen zurückgeblieben war.

Aber dafür können wir nun längst tun, was wir möchten, und niemand sieht uns zu, außer natürlich unser nichtsnutziges Über-Ich sowie höchstwahrscheinlich eben auch Sie, ehrenwerte Oberste Bilanzbuchhaltung. Und hin und wieder stellen wir uns vor, auch wir würden unseren Beitrag leisten zum allgemeinen moralischen Durcheinander, und es könnten, wenn wir einerseits nicht ganz so träge wären und andererseits nicht ganz so sittlich gefestigt und leider auch durch und durch gut, am Ende doch noch die ungeheuerlichsten Dinge geschehen, um nicht zu sagen: Amokläufe, so daß auch wir ein wenig um uns schießen würden, einfach so, auf alles, was wir verabscheuen, und als allererstes auf das Bürgertelefon der Berliner Polizei sowie hernach auf die Tankwagen der Stadtreinigung, weil dann für den Bruchteil einer Sekunde vielleicht alles besser werden würde, allerdings nur für uns ganz alleine, und das ist ja auch einer der entscheidenden Nachteile am Amoklauf, nämlich daß man hinterher genau so einsam ist wie schon zuvor.

Andererseits wüßten wir auch wirklich nicht, mit wem wir gemeinsam um uns schießen wollen würden. Und lange bevor wir bei al-Qaida, Basisgruppe Oberschwaben, vorstellig werden, wenden wir uns ganz gewiß doch noch an die Klostermetzgerei in Beuron respektive an die Sozialdemokraten in Biberach, und auch das könnte ja, wie gesagt, noch eine Weile dauern.

....

27

Über die Frauenquote

Blödes Jahrhundert. Alles vertan.

Behalte ich aber lieber für mich. Kein Wort davon zu meinen drei Schwestern und schon gar nicht zu unseren Vätern und auch nicht zu unseren Müttern. Aber vielleicht zu den Damen und Herren vom Jüngsten Gericht, falls das mittlerweile quotiert sein sollte. Aber denen ist das wahrscheinlich insgesamt alles völlig egal. Sowohl die Frauenquote, als auch unsere Enttäuschung, und unsere Einsamkeit ohnehin.

28

Über Fahrtenlieder und ein dazugehöriges Messer

Im übrigen hatte ich von der Mutter immerhin ihre Erbkrankheit und ihren Namen und vom Vater ein Fahrtenmesser der Hitlerjugend, dessen Klinge stumpf war, und das ich aufs Regal gelegt hatte vor die Bücherreihen, wo auch schon ein halbes Dutzend alter Sonnenbrillen lagen, die sich dort angesammelt hatten im Laufe der Zeit, weil sie aus der Mode gekommen und ihre Gläser zerkratzt waren und ich nicht wußte, wohin mit ihnen. Genausowenig wie mit diesem Messer, auch wenn es natürlich gut in der Hand lag.

Schwer war es. Kühl.

Vierundzwanzigeinhalb Zentimeter Stahl, das habe ich nachgemessen, aus Ratlosigkeit und freilich ohne daß mich das weitergebracht hätte, aber das Vermessen der Funde ist gute archäologische Tradition. Auch wenn es keine tiefere Wahrheit zu entdecken gibt: Hier ist eine antike Schüssel aus Ton, und ganz sieht es so aus, als hätten die Leute damals gekocht und gegessen, und dort ist ein Messer mit einer Klinge aus Solingen in einer Scheide aus schwarzem Metall, und der Griff ist aus schwarzem, gewaffeltem Bakelit, verziert mit Hakenkreuz auf rot-weißer Emaille-Raute. Soweit eigentlich ganz hübsch, zu ersteigern ab fünfundfünfzig Euro im Internet, und auf den Abbildungen ist das Hakenkreuz gemäß geltender gesetzlicher Bestimmungen selbstverständlich unkenntlich gemacht, wodurch wir freundlicherweise geschützt werden, vor einem neuen Siegeszug des Nationalsozialismus und wer weiß vor welchem sonstigen Ungemach.

Und mein Vater? Was wird er wohl mit dem Messer gemacht haben?

Weidenruten wird er damit geschnitten, Wasserrädchen gebaut, Kerben in Baumstämme geschnitzt, das wird er damit gemacht haben, als er mit dem Jungvolk hinausgezogen war und sie ihre Lager aufgeschlagen hatten in den Wäldern am Fuße des nicht allzu hohen und nicht allzu schroffen Berges Grünten, der über das Allgäu wachte, wie man so sagte.

Mein Vater mußte das Messer 1941 bekommen haben, denn diese Jahreszahl war auf der Klinge eingraviert, da war er, Jahrgang 1930, elf Jahre alt gewesen, und wie alle anderen Knaben ist sicher auch er, der schwarzhaarig war und dunkeläugig, warum und woher auch immer, ins Jungvolk aufgenommen worden, nachdem er das Deutschlandlied, das Horst-Wessel-Lied und das Hitlerjugend-Fahnenlied auswendig gelernt haben mußte, wie ich ebenfalls aus dem Internet wußte, denn ohne das Internet wäre ich in dieser Sache verloren gewesen, wie auch in so vielen anderen Angelegenheiten der Gegenwart und der Geschichte.

Tatsächlich hatte mein Vater gerne gesungen, aber später wußte er nicht mehr was, denn Büroangestellte haben keine Lieder, und drei oder vier Mal hatte ich ihn abends auf dem Sofa sitzen sehen, da hatte er diese abschließbare Kassette aus billigem, dunkelgrün lackiertem Blech auf den Knien. Niemand durfte sie anfassen, denn in dieser Kassette hatte der Vater alles verwahrt, was wichtig war, Ausweise, Zeugnisse, Briefe und das Fahrtenmesser, und ich sah, wie er dieses Messer in die Hand nahm, und ich sah auch seine zusammengekniffenen Augen.

Nie hat er auch nur ein Wort gesprochen, darüber, wie dieses Stück, von dem er womöglich vergessen hatte, daß es eine Waffe gewesen sein sollte, in seine Kindheit gekommen und wodurch die Klinge stumpf geworden war.

Aber vielleicht, dachte ich nun, nachdem mein Vater tot war seit Jahren, hat er einfach nicht gewußt, was er hätte sagen können, über die Weidenruten und über das Horst-Wessel-Lied und über den Berg Grünten, ohne daß wir gelacht oder uns geekelt hätten, und selbstverständlich hätten wir ihn beschimpft als unverbesserlichen alten Nazi, egal ob er damals Jugendlicher, Kind oder von uns aus sogar Säugling war, denn das wäre uns völlig gleichgültig gewesen, solche überflüssigen Details interessierten uns nicht.

Hier waren *wir*, und dort war ein riesiger, stinkender Scheißhaufen von Schuld, in dem wir alle versenkten, die vor uns geboren waren, und zwar selbstgerechtigkeitshalber ohne Ansehen der Person. War ja schließlich nur ganz knapp, verehrte Endabrechnungsstelle, daß es die Jüngelchen, die unsere Väter wurden, nicht mehr geschafft hatten, sich wirklich schuldig zu machen.

Irgendwann, dachte ich, waren dem Vater ohnehin sowohl Horst-Wessel-Lied als auch Weidenruten abhanden gekommen, und so saß er dort auf dem Sofa in einer Zeit, die eine neue zu nennen er sich nicht mehr traute, weil auch er inzwischen wußte, wie alles weitergegangen war.

Das waren die Jahre, als durch die Städte Autobahnen gebaut wurden, und mehrere Lohnerhöhungen in kurzer Abfolge ermöglichten der Familie die Anschaffung neuer Möbel sowie Sommerurlaube am Mittelmeer. Und da waren auch das Fahnenlied der Hitlerjugend und die Zeltlager in den Wäldern verschwunden. Die Kindheit, die Jugend, der Zauber der nationalsozialistischen Idyllen: weg.

Schließlich wußte mein Vater wohl auch nicht mehr, warum er das Messer noch immer aufbewahrte und es jedesmal wieder in die Kassette legte und diese dann abschloß, so wie auch ich später nicht wußte, warum ich es zu mir genommen und zu denn Sonnenbrillen gelegt hatte: diese Erinnerung ohne Inhalt.

Aber immerhin hatte ich damals für einen Moment Zugriff gehabt, auf Dinge, die mich, wie mein Vater immer wieder sagte, absolut nichts angingen. Finger weg von der Kassette, hat er gesagt, sie hat dich nicht zu interessieren! Und ich saß da mit meiner Neugier: wütend, verzweifelt, bockig.

Dann mußte ich warten. Jahre, Jahrzehnte. Bis sich mein Vater ganz langsam aufzulösen begann, seine Sätze unsicherer wurden und seine Knochen poröser, während sich meine eigenen Sätze immer mehr verfestigten und meine Welt ihre endgültig Form und ihre unumstößliche Syntax fand. Subjekt, Prädikat, Objekt, lauter klare Aussagen, an die *ich* mich halten *konnte* und an die *die Welt* sich halten *sollte*, und tatsächlich leistete diese auch lange nicht besonders viel Widerstand gegen meine Anordnung der Wörter und übrigens auch der Werte, nur daß allmählich auch *meine* Knochen schon zu schmerzen begonnen hatten und die Augen ohnehin.

Und endlich lag mein Vater da, wütend auf ewig und mit wächsernem Gesicht, und ich, zurückgekehrt in seine Wohnung für einen Augenblick, der nicht länger war als einst ein angehaltener Atemzug beim Tauchen im Schwimmbecken des heimatlichen Stadtbades, steckte hektisch den Schlüssel in die blecherne Kassette mit den Ausweisen, den Zeugnissen und den Briefen, und kaum konnte ich ertragen, daß es ein lächerlich kleiner Kinderschlüssel war und eine lächerlich billige Kinderkassette, in der mein Vater das aufbewahrt hatte, was seinem Leben Geschichte und Struktur gegeben hatte und seinen Knochen Stabilität.

Unwillkürlich schaute ich mich sogar um, aber es war wirklich niemand mehr da, und ich war endgültig allein, als ich das Fahrtenmesser aus der Kassette nahm und in einer schnellen Bewegung in meiner gefälschten Handtasche von Prada versenkte, ganz so, wie eine Kaufhausdiebin mit jahrelanger Übung in der Kosmetikabteilung einen Lippenstift verschwinden läßt. Dann rückte ich meine Sonnenbrille zurecht und machte mich davon, mit der Handtasche und mit der herrenlosen Vergangenheit meines Vaters, irgendwohin, nirgendwohin.

Die übrige Habe des Vaters ließ ich später abholen. Von einem Trupp der Caritas, der sich auf mein Geheiß eines Morgens vor der väterlichen Wohnung postiert hatte.

Er bestand aus drei Männern, die selbst leuchtende Beispiele dafür waren, daß Rettung möglich ist, und das sogar noch zu Lebzeiten, denn einst waren die Männer drogenabhängig gewesen, aber tätige Barmherzigkeit hatte ihr Schicksal gewendet. Als eine Art Reminiszenz an ihre früheren Leben fehlte ihnen aber jeweils noch immer der eine oder andere Zahn, so daß sie mich ein wenig an die beiden Onkel meines Vaters erinnerten, die Boxer waren vor dem Krieg, und selbstverständlich hätte mein Vater diesen Herren nie, nie, nie erlaubt, seine Wohnung zu betreten. Weder denen von der Caritas. Noch seinen Onkeln. Und natürlich auch niemand anderem.

Niemals hatten Nachbarskinder kommen dürfen, niemals die einzige Jugendfreundin der Mutter, selbst die Großeltern hatte mein Vater nur sehr ungern im

Haus gehabt, denn auch sie gehörten schon nicht mehr zum überschaubaren innersten Kern der winzigen Familie, um die der Vater Mauern errichtet hatte aus eigenem Fleisch und aus eigenem Blut. Damit es drinnen warm werden sollte und um sich und die Seinen um jeden Preis zu beschützen: vor fremden Körpern, fremden Stimmen, fremden Dünsten, vor all dem, was nicht *wir* waren. Wir: der Vater, die Mutter, die Kinder – und draußen die Welt, von der, so dachte ich, mein Vater nichts erwartete, keine Geborgenheit, keinen Schutz, keine Verläßlichkeit, denn das Gefühl der Geborgenheit, des Schutzes, der Verläßlichkeit war verschwunden mit den Liedern und den Zeltlagern am Fuße des Berges Grünten und mit der Volksgemeinschaft, zu der er als Jugendlicher gehört hatte wie zu einer großen Familie.

Vielleicht, dachte ich, mißtraute der Vater deshalb später *allen* großen Familien, der Schwüle in den Wohnküchen, den Liedern an den Lagerfeuern, den Ehrenwörtern des Vaterlands und auch den Gesängen von der internationalen Solidarität, die man die Zärtlichkeit der Völker nannte: Schließlich war er schon einmal betrogen worden, mit falschen Versprechungen und mit kurzfristig erzeugter Wärme.

Jedenfalls wollte er selbst mit der eigenen ausgedehnten Verwandtschaft aus den früheren Zeiten, mit Mutter, Vater, Onkel, Tanten, Basen, Vettern, auch wenn diese alle noch am Leben waren, nurmehr so wenig wie möglich zu tun haben.

Jetzt, wo er Büroangestellter geworden war, der erste der Seinen seit drei- oder viertausend Jahren, der nicht mehr mit den Händen arbeiten mußte, und wo nun

Demokratie, Rechtsstaat, Sozialversicherungspflicht und allumfassende Sachlichkeit in den Beziehungen zwischen den Menschen herrschten, und alles wunderbar organisiert und niemand mehr angewiesen war auf Küchendunst und auf Fahrtenlieder.

So wurde nach den seltenen und kurzen Besuchen der Mutter meines Vaters, die meine Großmutter war, das Geschirr, das nach dem Essen abzuwaschen diese sich anheischig gemacht hatte, noch ein zweites Mal abgewaschen.
Damit auch die kleinsten Anhaftungen, die sie hinterlassen haben mochte, schnell und zuverlässig beseitigt wurden. Dann erst konnte das Leben weitergehen. Als sei nichts geschehen.

Jahrzehntelang hatte mein Vater es tatsächlich geschafft, alle so weit wie möglich fernzuhalten. My home is my castle, das war der einzige englische Satz, den er kannte, und er wiederholte ihn immer wieder mit allergrößtem Stolz hinter seinen von innen verschlossenen Türen, als sei die Tatsache, daß es ihm gelungen war, sich einzubunkern, das Größte gewesen, was er in seinem Leben erreicht hatte.

Bis sie eines Tages durchs Fenster gekommen waren. Da war der Vater schon eine ganze Weile nicht mehr draußen gesehen worden.

Mit einer Leiter waren die Männer von der Feuerwehr eingestiegen in die Burg meines Vaters, die sich, ähnlich wie einst der Berg Grünten, nicht allzu hoch und nicht allzu schroff präsentierte, sondern vielmehr schlicht eine Wohnung im ersten Stock eines Mehrfamilienhaus aus den 1970er Jahren war. Dann hatten sie die Tür von innen geöffnet. Und schließlich hatten sie den Vater hinausgetragen auf seiner Bahre, das enge Treppenhaus hinunter in einem komplizierten Manöver, bei dem sie sich auf den Absätzen mehrmals verkanteten, so daß sie den Vater auf seiner Trage zwischendurch beinahe senkrecht aufrichten mußten, um überhaupt um die Ecke kommen zu können, und deshalb dauerte dieser ganze Vorgang erheblich länger, als sie erwartet hatten. Aber am Ende erreichten sie mit der Bahre doch das Freie, und ich nehme an, es war ein sonniger Tag, an dem die Menschen vor die Tür traten und durchatmeten und in den Himmel schauten voller Erwartung.

Später, viel später, stand ich um acht Uhr morgens mit den Herren von der Caritas auf dem väterlichen, dem verbotenen Terrain: Einbrecher wir allesamt. Und die Herren lächelten, und auch ich lächelte, wie immer aus lauter Verlegenheit.

Aber mit professioneller Sachlichkeit lösten sie innerhalb weniger Stunden das Leben des Vaters vollständig auf: zu Müll, Sperrmüll und noch verwertbaren Einrichtungsgegenständen, welche die Caritas gebrauchen konnte für die zahllosen Bedürftigen, die sie betreute.

Das Sofa beispielsweise, sagten die Männer mit ihren schiefen Mündern, kaum daß sie die Wohnung betreten hatten, das Sofa, das ist noch recht passabel, weshalb sie sich seiner gerne erbarmten und ebenso der

Stühle, der Tische und der Schränke, so daß ich also Glück gehabt hatte, ein Nullsummenspiel sei das für mich, die Möbel gegen den kostenlosen Abtransport des Mülls, und zum Schluß die Wohnung besenrein.

Mit Müll meinten die Erretteten von der Caritas alles, was offensichtlich Anhaftungen, nun wiederum vom Vater trug. Die Tassen, aus denen er getrunken, die Socken, die er getragen, die Zahnpasta, die er benutzt, die Einkaufszettel, die er geschrieben hatte, all die Gegenstände, die fast wie Teile seines Körpers gewesen waren. Aber nun war es so, als hätten sie sich von diesem Körper abgelöst. Wie Haarschuppen. Wie abgeschnittene Fingernägel. Vor denen sich andere Menschen ekeln.

Also zogen die ehemaligen Drogenabhängigen Handschuhe an.

Tatsächlich war noch am selben Abend alles weg. Mit hallenden Schritten ging ich auf und ab in einer ordentlich ausgefegten Wohnung. Nur an den Wänden lauter Schatten, grau-fleckige Umrisse von Dingen, die Jahre dort gehangen oder gestanden hatten, ohne bewegt worden zu sein, und die nun verschwunden waren. Außer den Schatten nichts übrig vom Vater und nichts von dem kleinbürgerlichen Dasein, das er verteidigt hatte mit der Anschaffung neuer Sofas in jedem dritten oder vierten Jahr, auch dann noch, als die Mutter längst tot war, und er ganz alleine sitzen mußte auf seiner linken Seite.

Und nun hatte das letzte der Sofas bald ganz andere, noch nicht einmal mehr kleinbürgerliche Existenzen möblieren sollen, denn es würde in irgendeinem dieser nicht sonderlich behaglichen Wohncontainer landen für Flüchtling vor Kriegen, die schon lange quasi outgesourct waren und grundsätzlich anderswo stattfanden, im Zweifelsfall im Fernseher.

Ihr Auftrag sei es, das Sofa zu Leuten aus dem Kosovo zu bringen, so sagten die drei Männer von der Caritas, ganze Großfamilien seien hierher gekommen mit nichts. Schlimm, wirklich schlimm, keine Zukunft und die Serben stets im Nacken, aber, falls ich es genau wissen wollte, natürlich waren die aus dem Kosovo selbst alles Verbrecher und jeder Einzelne noch fieser und gewalttätiger als die Herren Milošević, Slobodan, Karadžić, Radovan, und sämtliche Serben zusammen, auch wenn sie, die durch Barmherzigkeit Erretteten, das selbstverständlich nichts anging und sie angehalten waren, sich rauszuhalten aus allen politischen Diskussionen. Laut Arbeitsvertrag mit der Katholischen Kirche waren sie ausschließlich für Möbeltransporte sowie allgemeine Nächstenliebe zuständig und natürlich dafür, daß am Ende immer alles besenrein war, woran sie sich auch strikt zu halten gedachten.

Und während ich die Männer für diese physische und metaphysische Klarheit beneidete, steckte ich ihnen ein ordentliches Trinkgeld zu, das sie ihrerseits damit vergolten, mir wegen der Schatten auf den Wänden einen Trupp von ehemals obdachlosen Anstreichern zu empfehlen. Diese, so sagten sie, hielten sich ebenfalls strikt an die Gebote der Nächstenliebe, aber selbstverständlich auch an die geltenden DIN-Normen beim Anstrich von Mietwohnungen, auch wenn sie selbst jahrelang unter den Brücken geschlafen hatten, was mich insgesamt sofort überzeugte, so daß ich mich unverzüglich auch mit den ehemals Obdachlosen in Verbindung setzte und ihnen einen entsprechenden Auftrag gab zur normgerechten Entfernung aller väterlichen Schatten.

Ansonsten hielt *ich* mich an meine gefälschte Tasche von Prada und an das Familienfahrtenmesser vom Vater. Das ich noch eine ganze Weile mit mir herumtrug.

29

Über alles

Ich hätte mich aber natürlich einfach doch wieder an Deutschland halten können, warum nicht?

Respektive an das Wirtschaftswunder. Die freie Marktwirtschaft. Die Stasi. Den Sozialismus.

Und selbstverständlich auch an die Liebe und den Webermichel, mit dem ich nicht mehr sprach und der sich nicht mehr richtig an mich erinnerte, ferner an die russische Revolution, an Großserbien und an den Dschihad sowie an die frisch geweißten Wände ohne Schatten.

30

Über Enthusiasmus

Jedenfalls saß ich nach allem, was geschehen war, in den westlichen und in den östlichen Provinzen, nun da, und zwar immerhin in einer der wohlgeordnetsten Hauptstädte der Welt.
Toll!

31

*Über Ladenöffnungszeiten sowie
das subsaharische Afrika. Und alles natürlich
mit ganz, ganz lieben Grüßen*

Allerdings hatte mich nun, da ich ohnehin quasi schon tot war, zumindest für den Webermichel, der mich nicht mehr erreichen konnte und von dem ich nicht wußte, ob er sich deshalb *meinetwegen* Sorgen machte oder nur wegen der Übersetzung, tatsächlich eine ebenso bedrohliche wie beschämende Jämmerlichkeit erfaßt.

Stiche in der Herzgegend, Enge in der Kehle, Verzweiflung in der Seele. Und als mir nun das Atmen schwer wurde vor lauter unbegründbarem und sekündlich wachsendem Elend und sich auch in meinen Beinen soviel Selbstmitleid angesammelt hatte, daß ich kaum einen Fuß vor den anderen zu setzen vermochte, hatte auch ich gedacht, daß es so nicht weitergehen konnte und es nicht gut war, alleine zu sein, in Kümmernis und Pein.

Ich hatte also gedacht, daß es so nicht weitergehen konnte und daß ich daher etwas würde ändern müssen, und der erste Schritt, dachte ich, hätte sein können, vielleicht doch irgendwo anzurufen, natürlich nicht den Webermichel, sondern vielleicht irgend jemand anderen, oder es wäre auch denkbar gewesen, jemanden auf der Straße aufzuhalten oder womöglich gar meine Nachbarin, die Frau Christ, samt Hündchen auf der Treppe anzusprechen, falls sie sich hätte ansprechen lassen.

Dann hätte ich die Gelegenheit gehabt, endlich die Frage aller Fragen zu stellen, am Telefon, auf der Straße oder auf der Treppe in Gegenwart des Hündchens, und ich hätte einen dieser Sätze gesagt, die ich nur allzu gut kannte aus der russischen Provinz und die auszusprechen inzwischen noch viel peinlicher war als damals.

Diese Frage aller Fragen, mit denen sie sich schon vor über einem Jahrhundert gegenseitig auf die Nerven gingen, lautete: Würde es Ihnen leid tun, wenn ich stürbe?

Und das war es, was auch ich zu fragen mir vorgestellt hatte, als mir die fortschreitende Jämmerlichkeit auf Höhe der linken Brust die Zugänge zur Vernunft abschnürte.

Aber wahrscheinlich, dachte ich, sollte ich lieber doch niemanden anrufen, und ich sollte auch niemanden auf der Straße aufhalten, und falls ich meiner Nachbarin auf der Treppe begegnen sollte, wäre es besser, ihr nur kurz zuzunicken und weiterzugehen wie immer.

Denn auch wenn ich die Frage doch noch stellen würde, so wußte ich ja, was dann geschehen würde, denn viel dürfte sich auch in dieser Hinsicht nicht geändert haben in den letzten hundert Jahren.

Würde es Ihnen leid tun, wenn ich stürbe?, das würde ich also womöglich tatsächlich fragen, und dann würden Sie sagen: Lassen Sie mich in Ruhe!, denn so lautete die Antwort schon in der russischen Provinz, während ich es trotzdem noch einmal versuchen und insistieren würde, weil sie doch endlich mit mir sprechen sollten, ja, würde ich sagen, ich bitte Sie erneut, sprechen Sie mit mir und fühlen Sie, fühlen Sie mein Herz, tuck, tuck, tuck, tuck, tuck, denn ich weiß nicht, was das zu bedeuten hat.

Dann jedoch, das wäre nicht anders zu erwarten, dann kämen nur die ewig gleichen provinzlerischen oder von mir aus auch großstädtischen Entgegnungen, denn worin bestand eigentlich der Unterschied. Irgend etwas wie: Mir tut es leid, daß Sie nach Wodka riechen respektive, meine verehrteste Natalja, natürlich nach Chanel No 5 oder nach welchen exquisiten Fuseln oder Fusionen auch immer, das wisse ich ja selbst am besten.

Ansonsten hatte ich es natürlich trotz allem gut, viel besser als sämtliche meiner Schwestern und von mir aus auch der Brüder im alten Rußland. Denn auch wenn niemand mit mir sprechen wollte, so hörte ich dennoch überall Stimmen, sogar ganz ohne Alkohol.

Und ich bräuchte eigentlich gar nicht zu fragen, ob es irgend jemandem leid tun würde, wenn ich stürbe, denn sie meinten es sowieso alle gut mit mir, und alle waren sie für mich da, und wenn ich meinerseits nicht mehr da wäre, was würden sie dann tun.

Wir sind für Sie da, das stand schließlich an jeder Supermarkttür, und zwar während unserer Öffnungszeiten von Montag bis Samstag von 9 bis 22 Uhr, und überall wurde für mich etwas neu-, um- und ausgebaut, Autobahnen, Restaurants, Geschäfte, für Sie, für Sie, für Sie, so las ich auf allen möglichen Schildern, auf die ich allerdings gelegentlich Kommentare kritzelte, wie: für mich nicht!, oder: wäre durchaus nicht nötig gewesen, oder: hab ich doch gar nicht bestellt, mit Kugelschreiber oder mit Lippenstift, je nachdem, was ich gerade in der Tasche hatte.

Außerdem grüßten sie mich ständig von allen Seiten, grüßten sogar nicht einfach nur so, sondern schickten vielmehr ganz, ganz *liebe* Grüße beziehungsweise, wenn es schnell gehen mußte, kurz LG, auch im Namen des Theaterverlages, der meinen Vertrag zurückschickte, natürlich mit erheblich schlechteren Konditionen als beim letzten Mal, beziehungsweise im Namen der Sparkassenfiliale, die mir jedes Jahr schriftlich zum Geburtstag gratulierte, als einzige übrigens von allen meinen Freundinnen, wenn ich so sagen durfte. Und dann meldete sich auch die Straßenverkehrsbehörde bei mir, und nachdem sie mir den Führerschein wegen meiner Augenkrankheit nun endgültig entzogen hatte, wünschte auch sie mir nicht etwa einen schönen, sondern natürlich noch einen *wunder*schönen Tag. Denn von wunderschönem Tag zu wunderschönem Tag wurde die Welt genauer und, um einen fast vergessenen Begriff zu benutzen: der allumfassende Kapitalismus, einfühlsamer, und je weniger jeder Einzelne zu sagen und auszurichten hatte, wurde die Ansprache persönlicher, und schließlich ging der Kapitalismus sogar vor mir auf die Knie: *Entschuldigung, das hätte nicht passieren dürfen,* das waren die Worte, mit denen mein Webbrowser sich vor mir in den Staub warf in vollendeter Unterwürfigkeit, weil er eine Seite nicht korrekt darstellen konnte, so daß ich ihn eigentlich hätte trösten müssen, schon gut, Herr Firefox beziehungsweise Frau Mozilla, ist ja nicht so schlimm, LG von mir und auch von meinem Team, und als kleines Dankeschön spielt nun Vladimir Horowitz für Sie auf unserer Klassikwelle, in einer Direktübertragung aus seiner Gruft.

So, dachte ich, spreche ich vielleicht doch lieber mit niemandem, jetzt, wo mich die Jämmerlichkeit erfaßt hat.

Aber vielleicht, das dachte ich nun, an einem neuen dieser allzu hellen Morgen, würde ja doch jemand mit mir sprechen. Es würde ein sehr kurzes, aber wiederum äußerst wohlmeinendes Gespräch werden.
Man würde mir nämlich klar machen, daß ich mich unbedingt an meinen Internisten wenden sollte.
Oder an meine Psychotherapeutin.
Oder daß ich eine Nackenmassage brauche.
Und einen neuen Morgenmantel, aus kuscheligem, weißem – Marmor.

Dabei weiß ich natürlich, daß Marmor und alle verwandten harten, kühlen oder sonstwie unangenehmen Materialien längst verboten, abgeschafft, ausgestorben und überall durch Frottee, Kaschmir und ganz, ganz liebe Grüße ersetzt worden sind, so daß die umfassende Oberflächenerweichung der Welt schon kurz vor der Vollendung steht, mit Ausnahme allerdings einiger Landstriche etwa im dornigen subsaharischen Afrika oder entlang des Sprengstoffgürtels im Mittleren Osten.

So haben wir uns, dachte ich, eingerichtet in der Diktatur des Gemütlichen.

Und weil wir also, dachte ich, keinerlei Widerstand mehr leisten, weder gegen die uns umgebende Watte noch gegen die Ausbreitung der Dornen südlich der Sahara, sollte vielleicht auch ich mich lieber rundum wohl fühlen.

Freiwillig und gemäß aller gültigen Wertmaßstäbe und aktuellen Sicherheitsbestimmungen für Leib, Seele und allgemeines Individualwohl.

Und ich dachte es, und ich tat es und fühlte mich also umgehend rundum wohl, an diesem neuen dieser wunderschönen, guten Morgen, wo ohnehin schon alles vertan war und ich plötzlich doch wieder lauter schwarze Punkte sah und nicht genau wußte, ob das an meinen Augen lag.

Oder am Zustand meines Geistes.
Oder an dem der Welt.

Und spät in der Nacht beschloß ich, den Webermichel nun meinerseits endlich einmal anzurufen.

....

32

*Über Nasale, den Tunnelblick und
über das Anbrüllen des Personals*

Und spät in der Nacht beschloß ich, den Webermichel anzurufen, warum eigentlich nicht, ich könnte, dachte ich, doch einfach einmal mit ihm sprechen, mein lieber Weeeber, könnte ich sagen, hier ist deine alte Nataaalie, erinnerst du dich noch an mich?

Ja, es stimmt, ich war jetzt eine ganze Weile tot, aber immerhin nicht gerade tot seit Jahren, wobei auch *mein*, wenn auch nur vorübergehender Tod selbstverständlich für die gute Sache und ebenso selbstverständlich vollkommen nutzlos war. In jedem Fall war es nun wohl Zeit für eine kleine Wiederauferstehung, weshalb ich das Telefon des Webermichel lange klingeln ließ und dabei hoffte, es würde in den frühlingshaftesten Tönen singen und flöten und tschilpen und tirilieren, auch wenn diese Nacht ganz und gar nichts Seifenblasenartiges hatte, sondern vielmehr schwer war wie Blei und stumpf wie Salpeter, und das Telefon schellte wahrscheinlich einfach so vor sich hin, hinein in irgendein düsteres Ulmer Wirtshaus fern jeder Heiterkeit und jeden Optimismus. Denn dies war die Stunde der schwergängigsten schwäbischen Nasale und des Schmerzes an der Welt, und wenn nun der Tag sich endlich auflöste im Nichts, blieb auch den Regisseuren, nachdem sie bis dahin vertraglich verpflichtet waren, die Größten zu sein, nur noch, sich festzuhalten an irgendeinem Tresen in irgendeiner Bar.

Aber dies war auch der Moment, in dem es nicht nur Zeit war für meine kleine Wiederauferstehung, sondern vor allem auch dazu, mich endlich zu ergeben.

Denn es war, dachte ich, nun genug: genug mit der Jämmerlichkeit und genug mit den vergeblichen Versuchen, doch noch etwas Anständiges zu verfassen. Ich sage es gewiß nicht gern, aber es fehlte bei meiner Übersetzung nach wie vor bereits am allerersten Satz, in dem es darum geht, daß der Vater genau vor einem Jahr gestorben und heute Irinas Namens- oder Geburtstag ist, oder was auch immer. Und dann fehlte es auch am zweiten Satz und am dritten ohnehin, und es folgten schließlich vier ganze Akte aus nichts und wieder nichts, und zum Schluß waren da auch nur dieses ewige Wenn-man-es-nur-wüßte-Wenn-man-es-nur-wüßte sowie immerhin wenigstens mein Lieblingssatz, den der Doktor Tschebutykin lallt, tarabumdia, wie sitze dumm ich da, und alles ist egalala!, schnurzwurstegalala!, und mehr hatte ich nicht zustande gebracht.

Also was konnte ich jetzt noch tun, außer mich zu ergeben beziehungsweise so wie zum Beispiel Irina zu beschließen, jemanden zu heiraten, was aufs gleiche herauskommt, Hände hoch!, ruki wjerch!, und jetzt einmal heraus mit der Sprache, was ist nun mit diesen famosen drei russischen Schwestern?

Nichts, mein lieber Webermichel, du letzter unserer deutschen Helden, nichts ist mit den *Drei Schwestern*, und nichts ist mit dem ganz großen Erfolg in Ulm, jawohl, dachte ich, ich erhebe die Hände und ergebe mich, und der Webermichel kann sein Schießeisen ruhig stecken lassen, und wir sind hier weder in Laramie noch im Untergrund, noch in irgendwelchen russischen Weiten, sondern allenfalls sind wir kurz vor Ulm, und wenn es sein muß, heirate ich den Webermichel dortselbst sogar, egal, ob wir jemals miteinander im Wald waren oder doch nicht und ob er noch Haare hat oder keine. Einverstanden, wie Irina sagen würde, einverstanden, denn der Webermichel ist ja sicher ein sehr guter Mensch, mindestens so gut wie der bedauernswerte Baron Tusenbach, der Irina endlich nach Moskau mitnehmen würde, aber, nachdem sämtliche Militärs aus dem Salon mit Säulen ins Königreich Polen abgerückt sind, leider in letzter Minute im Duell getötet wird, wovon Irina aber nichts ahnen kann. Und deshalb könnte auch ich mich, dachte ich, doch einfach mit allem einverstanden erklären, denn an die Liebesheirat glauben wahrscheinlich ebenfalls nur noch die Dümmsten, womöglich dieselben, die auch noch an die Arbeit glauben, wobei ich jetzt nicht genau wüßte, was der Webermichel und ich jeweils davon haben sollten, wenn wir heiraten würden, außer natürlich, daß er nicht ganz so allein wäre in seiner provisorischen Wohnung in Ulm und auch ich dort endlich meine Heimat finden könnte. Immerhin.

Der Webermichel und ich, zu zweit in unseren vier Wänden unweit des Münsters und nahe beim Theater, wo ich, dachte ich, täglich vierundzwanzig Stunden üben könnte für meinen zukünftigen Tunnelblick und die Welt draußen bliebe und die Ränder allmählich schwarz würden. Das wäre doch ein toller Schluß, zumindest für mein ganz persönliches Drama, das jetzt wirklich ein Ende haben mußte, fast egal um welchen Preis: Lieber Webermichel, kannst du nicht irgend etwas tun?

Oder was ist mit euch, verehrte sozialdemokratische Lehrerinnen und Lehrer? Und was ist mit den Herren Lenin sowie Tschernyschewski, *die* müssen doch wissen, was zu tun ist, besonders auch, wie man Niederlagen in Siege verwandelt, und ich bin für vieles offen. Hauptsache, ich muß nicht ins Kloster Beuron eintreten oder in den sozialdemokratischen Ortsverein in Biberach.

Aber vielleicht könnte ich auch irgendwo eine Eingabe machen, um mich von meinem Schicksal zu befreien, zum Beispiel an das Zentrale Exekutiv-Komitee der UdSSR, wobei das jetzt noch einmal aus einem anderen russischen Text ist, und zwar nicht aus einem von Tschechow, sondern aus einem von Viktor Schklowski. Das ist mittlerweile jedoch ebenfalls völlig gleich, und schließlich hatte auch Schklowski eine sentimentale Reise übernommen und sogar ein Buch darüber zustande gebracht, und geschafft hat er es bis nach Berlin. Und natürlich bin ich nicht wie Schklowski im Exil, allerhöchstens in gewissen Hinsichten und in gewissen Maßen, aber in *seinem* Text steht es doch auch: Ich kann in Berlin nicht leben, steht dort, und auch, daß alles, was war, vorbei ist, und ich die Hände erhebe und mich ergebe, nur damit sie mich heim lassen, mich und mein bescheidenes Gepäck. Und der Webermichel könnte ruhig einmal ans Telefon gehen in seinem düsteren Wirtshaus in Ulm, denn ich mußte ihn wirklich dringend sprechen, lieber Webermichel, ich muß dir leider etwas sagen. Aber wie nur? Aber wie nur? Aber wie?

Indessen nahm der Webermichel nicht ab. Denn höchstwahrscheinlich waren sie in diesen Stunden auch in den Wirtshäusern in Ulm verzweifelt, und überall entwichen Nasenräumen und Mündern in dicken Strömen nächtliche schwäbische Schmerzen. Zwangsläufig hatte deshalb der Webermichel auf dem Hocker an seinem Tresen nur noch Ohren für Nasale, so daß er, dachte ich, meine Anrufe nicht gehört haben konnte. Nicht um Mitternacht, nicht um ein Uhr, nicht um zwei.

Aber leider hatte er das Klingeln auch nicht gehört, als die Wirtshäuser in Ulm seit Stunden geschlossen sein mußten und er sicher ebenfalls lange schon unter seinen Laken lag. Vielleicht, dachte ich, hat der Webermichel sein Telefon einfach irgendwo liegen lassen, womöglich sogar auf dem Hocker am Tresen, wo es jetzt weiter unaufhörlich klingelte ins Nichts. In jedem Fall wird er mich zurückrufen, am nächsten oder übernächsten Tag, und dann reden wir ein wenig über meine *Drei Schwestern*, aus denen, lieber Webermichel, offengestanden nun leider nichts mehr wird, so schwer mir das zu sagen fällt und so bitter das auch ist, aber natürlich reden wir, dachte ich, auch ein wenig über New York und über den Untergrund beziehungsweise über Solothurn sowie St. Pölten und darüber, wo der Webermichel all die Jahre gewesen war.

Bei dieser Gelegenheit würden wir dann sicher auch einmal über das Große Ganze sprechen, das auch wir leider nicht so richtig vorangebracht haben, obwohl sich zumindest der Webermichel womöglich redlich bemüht hatte. Wenn schon nicht auf dem Gebiet theatralischer Innovationen, dann wenigstens in Gestalt der in die Wege geleiteten Weltrevolution beziehungsweise in Form von Ficken und von Schießen.

Allerdings hat die Geschichtsschreibung sämtliche Anstrengungen dieser Art inzwischen leider ebenfalls in der Rubrik des kompletten Versagens verbucht, des Versagens in jeder Hinsicht, moralisch, militärisch, politisch, künstlerisch und nicht zuletzt erotisch. Und für den Fall, daß der Webermichel und ich trotz allem tatsächlich bald noch einmal zusammenkommen sollten, sah ich uns schon dasitzen mit verschränkten Armen, in drei, vier Jahren in der provisorischen Wohnung in Ulm, ich auf der rechten Seite des Sofas und der Webermichel auf der linken. Und selbstverständlich schämen wir uns dann, aber wenigstens schämen wir uns gemeinsam, die Umstände, werden wir sagen, die Zeiten, Entschuldigung, wir hatten doch alles anders machen wollen, aber manchmal haben wir es nicht besser gewußt.

Siehst du, lieber Webermichel, was quälen wir uns da noch lange mit Gedanken über all die Krankheiten, die wir geerbt haben, und darüber, wie ein Körper in den nächsten übergeht, und was spielen wir Sense Memory und versuchen uns daran zu erinnern, was in unseren Gliedern steckt und welche Klänge in uns zurückgeblieben sind, von den schwäbischen Nasalen einmal ganz abgesehen. Immerhin haben unsere Väter und auch unsere Mütter uns sogar mitgegeben, wie man sich rechtfertigt und wie man sich entschuldigt, ständig und immer und immer wieder, mal weinerlich und selbstmitleidig, mal grimmig und voller Trotz, und was, lieber Webermichel, soll uns, wo wir diese Techniken doch bestens beherrschen, eigentlich noch passieren, zumal ohnehin niemand vor uns steht und verständnislos mit den Schultern zuckt und es geradezu schnurzwurstegal ist, ob wir in der Lage waren, etwas zu *schaffen* beziehungsweise wenigstens etwas *anzuschaffen*, was wir weiterzugeben hätten, und wenn es nun so ist, dann könnte, dachte ich, der Webermichel mir wirklich endlich einmal antworten.

Er könnte ans Telefon gehen, oder er könnte mich zurückrufen, das dachte ich in dieser Nacht, und in der nächsten dachte ich es auch, und dann wieder am Tag danach, und auch sehr viel später, als es wieder dunkel war und ich nichts mehr hörte als den Nachtzug, der nach Moskau fuhr, und von fern ein paar Donnerschläge und schließlich nur noch das Grollen eines Gewitters, das sich anscheinend schnell verzog. Dann war es vollkommen still.

Was also, wenn der Webermichel überhaupt nicht mehr antwortet?
Wenn er im Duell getötet worden ist?
Wenn er abrücken mußte ins Königreich Polen?
Wenn man ihn angerufen hat aus New York?
Wenn er untergetaucht ist in der DDR?
Wenn er sich davongemacht hat in jungendlichem Ungestüm, nach Solothurn oder nach St. Pölten?
Wenn er einfach keine Lust mehr hat, mit mir zu sprechen?

Dann könnte ich, auch wenn es wirklich nichts ist mit meiner neuen, frischen Übersetzung, wenigstens noch ein wenig dieser Natascha mit ihrem grünen Gürtel zusehen.
Schließlich heißt sie wie ich und wie meine Mutter und meine Großmutter und meine Urgroßmutter und so wahrscheinlich immer weiter. Und ich könnte ihr zusehen, wie sie sich daranmacht, eine Tannenallee fällen zu lassen und dann den Ahorn, der abends so furchtbar häßlich ist, und ich könnte ihr auch zuhören, wie sie das Personal im Hause anbrüllt, denn dem Anbrüllen des Personals, dem gehört die Zukunft.
Zumindest für die nächsten hundert Jahre.

....

DRITTES BUCH

DAS ENDE VOM LIED

33

*Über Blasen im Asphalt sowie sinnvolle und
anständige Tätigkeiten*

Jeder Tag noch heißer als der vorige. Städte und Landschaften lagen ermattet. Seen verdampften. Gebirge knirschten. Ländergrenzen verschwammen. Die Kontinente dehnten sich aus und rückten allmählich gefährlich nah zueinander. Hagelstürme in Mexiko-City, Berlin im Koma, New York blockiert, alle Klimaanlage ausgefallen, das Bauchfett schmolz, die Haut wurde faltig, und irgendwo war auch ein Übernahmegeschehen, so daß, dessen war ich gewiß, selbst Vorstandsvorsitzende verzweifelt ihre Krägen lösten, während sie hektisch an den Reglern der Ventilatoren drehten und wenigstens das Raumklima gemäß ihren Wünschen zu konditionieren suchten.

Unterdessen glitt ihnen alles aus den Händen, die jedoch noch immer ohne Schweiß waren, die Luft zum Atmen wurde knapp, die Gespräche drehten sich im Kreis, und plötzlich merkten sie, daß einfach nichts mehr zu machen war. Ihr Wille, ihre Visionen, das Gefühl ihrer uneingeschränkten Macht: verspielt, verloren, verbraucht.

Hilflos wie Käfer, die auf dem Rücken lagen, saßen die Vorstandsvorsitzenden da und ruderten mit den Armen, während die negativen Cashflow-Statements in immer neuen Flutwellen über ihnen zusammenschlugen und die ganz und gar emotionslosen Stimmen der Sieger dieser Stunden ihnen, very slowly, die Schädel durchbohrten.

Kein Mitleid indessen von meiner Seite für Furcht und Elend auf den Bühnen der Weltwirtschaft. Sind ja selbst schuld, dachte ich, was lassen sie sich auch ein auf diesen Quatsch.

Könnten sich schließlich auch mit etwas Anständigem beschäftigen, mit etwas Sinnvollem, nicht, daß ich genau gewußt hätte, womit, nein, das dann auch wieder nicht, und ohnehin fühlte ich mich für die Berufsberatung verzweifelter Vorstandsvorsitzender nicht zuständig. Aber irgend etwas, dachte ich, mußte es dennoch geben, allerdings fiel mir nicht ein, was.

Was waren das noch mal: sinnvolle und anständige Tätigkeiten?

Dies dachte ich, nachdem ich meinerseits schon den ganzen Vormittag unentschlossen dagesessen hatte und nicht wußte, was jetzt zu tun war, und heimlich immer noch hoffte, daß der Webermichel sich vielleicht noch einmal bei mir meldete. Oder wer auch immer.

Aber weder der Webermichel rief bei mir an noch irgend jemand anderer, was sollte ich da machen, und gleichzeitig wurden die merkwürdigen schwarzen Punkte vor meinen Augen fast minütlich mehr.

Immerhin fiel mir schließlich ein, daß es auf dem Gebiet der sinnvollen und anständigen Tätigkeiten durchaus die tollsten neuen Erfindungen gab. Jeden, oder mindestens jeden zweiten Tag hörte ich im Radio von innovativen Vorschlägen, womit diejenigen sich beschäftigen sollten, die keine Beschäftigung hatten, und es könnten, dachte ich, doch auch diese vernachlässigten Wirtschaftsheinis Gutes tun, zum Beispiel für dito vernachlässigte und demente Alte: Sie könnten ja etwa mit ihnen basteln, warum nicht. Überdies hatten, wie wir alle wußten, sowohl Demenz als auch Pflegenotstand Zukunft, *diese* Märkte zumindest wuchsen ständig weiter, und Wirtschaftsheinis, die mit Alten basteln, vermögen sich immerhin ein wenig zu verdingen, wenn auch nur für einen Euro pro Stunde, aber wer den Euro nicht ehrt, ist des Dax nicht wert, oder so ähnlich, und wenigstens wären sie, dachte ich, auf diese Weise kurzfristig nicht mehr so verloren gewesen, zumindest nicht in diesem Moment.

In ihrer strukturellen Einsamkeit beim Absturz vom Ende der sozialen Leiter.

Denn auch wenn sie die Anderen sind und nicht wie wir, sind auch *sie* ganz schön viele, und sie, die Versager aus den Vorstandsetagen, wären dann vereinigt und zwar mit den verschiedensten Verlierern der unterschiedlichsten Branchen.

Und wenn sie sich nicht um Alte kümmern wollen, so dachte ich, dann könnten die vereinigten Versager natürlich auch Kinder beschützen, und auch diesen Vorschlag hatte ich aus dem Radio, sie könnten Kinder beschützen, genauer gesagt: Jungen und Mädchen auf dem Weg zur Schule, die ebenfalls stets in Gefahr sind. Nicht so sehr wegen der allgemeinen Misere, was deren Bildung betraf, sondern vielmehr wegen des hundsmiserablen Schwarzen Mannes, dem Dernier Cri unter den alltäglichen Bedrohungen.

Überall, dachte ich, sind neuerdings Sittenstrolche präsent, zuständigkeitshalber natürlich vor allem im Privatfernsehen, aber auch in den einschlägigen Zeitungen. Jeden Tag Beobachtungen und Warnungen, jeden Abend neue Fälle, und um diese maximale mediale Durchsetzungskraft trotz ebenfalls kompletter ökonomischer Erfolglosigkeit, dachte ich, können die von der New Economy, die inzwischen auch schon wieder uralt aussah, den Sittenstrolch nur beneiden. Zudem hatten nicht zuletzt dank seiner, also dank des Sitten*strolchs*, sich neue, sehr, sehr gute Sitten herauszubilden begonnen: Immerhin hatte sich so für unzählige bis dato überflüssige Menschen die Gelegenheit ergeben, sich nützlich zu machen, und was konnte es Sittlicheres geben.

Falls die Überflüssigen allerdings, entgegen jeder Wahrscheinlichkeit, doch keine Sittenstrolchwächter werden wollten, offerierte unsere überaus fürsorgliche Gesellschaft, das wußte ich ebenfalls aus dem Radio, trotzdem noch genügend andere Möglichkeiten zur sittlich korrekten Selbstverwirklichung für sie. Sie konnten, so hatte ich gehört, etwa immer noch auf Schulklos Graffitis überpinseln oder in Recyclinghöfen Plastikflaschen sortieren, und einige hatten sich nun schon darauf spezialisiert, alte Puzzles mit zehntausend Teilen probehalber zusammenzufügen, die abgegeben wurden als milde Gaben für bedürftige Kinder. Allein, es zeigt sich zumeist, nach einer Woche Arbeit oder nach spätestens zehn Tagen, daß zwei oder drei der zehntausend Teile fehlen, aber auch das ist nicht schlimm, denn so hat man immerhin Gewißheit, daß für die betreffenden Puzzles kein anderes Schicksal mehr denkbar ist als ein Ende auf dem Müll. In einer Zeit, da es jedem von uns an Gewißheiten schmerzlich fehlt, ist das immerhin ein Trost.

So, dachte ich, zermartern sich offenbar ganze Heerscharen von Leuten selbstlos das Hirn, denn auf die Sache etwa mit den Puzzles mußte man erst einmal kommen, und ich war mir sicher, daß dies noch längst nicht alles war, was der Sozialbürokratie und ihren kreativen Hilfsdenkern aus den Reihen des unbescholtenen und seinerseits stets unglaublich beschäftigten Bürgertums einfiel. An Unsinnstiftung für die Loser des Systems.

Jetzt hörte ich draußen im Treppenhaus das Hündchen der Frau Christ vor lauter Hitze so laut hecheln, daß ich meinte, es müßte gleich ersticken oder wenigstens kollabieren.

Und warum, dachte ich, als ich auch die Nachbarin selbst schwer atmen hörte, nachdem sie, dem Hündchen hinterher, die Treppe heraufgekommen war, warum sollten all diese exquisiten Einfälle und Wohltaten, welche die Mitte der Gesellschaft allen angedeihen lassen will, die in der Hackordnung auch nur eine einzige Stufe weiter unten waren, warum sollten all diese Segnungen nicht auch dem ausgesonderten Personal von ganz oben zugute kommen. Quasi als erster Schritt zu einem Gesellschaftsvertrag des 21. Jahrhunderts.

In ihrer Nutzlosigkeit sind schließlich alle Menschen wieder gleich. So wie sie es ganz früher in ihrer Nacktheit waren, am sechsten Tag der Schöpfung.

Für einen kurzen Moment war nun zu vernehmen, wie meine Nachbarin, von der ich ebenfalls nicht wußte, was sie den ganzen Tag machte, so ganz allein in ihrer Wohnung mit ihrem Hündchen, den Schlüssel ins Schloß steckte, ihn geräuschvoll umdrehte und samt Hündchen hinter ihrer Tür verschwand.
Dann war es wieder still.
Und unser Mietshaus fiel zurück in dasselbe Koma, in dem ganz Berlin, der Rest Europas mit sämtlichen angrenzenden eurasischen Steppen und auch die gesamte Ostküste Nordamerikas lagen.
Während wiederum San Francisco, am westlichen Ende der Welt, die man ebenfalls einmal die Neue nannte, auf ein Erdbeben wartete, weil die Kontinentalplatten sich langsam immer weiter übereinanderschoben, und in New York merkwürdige Dämpfe aus Rissen in den Straßen quollen und der Asphalt über-

all begann, Blasen zu werfen. Wegen der Hitze, die aus dem Inneren der Erde aufstieg, oder weil an deren Oberfläche inzwischen ebenfalls alles heiß gelaufen war, wer konnte das genau wissen, und es machte ja auch keinen Unterschied.

Derweil tat sich vor meinen kranken Augen ein merkwürdiges Schauspiel auf. Ich sah, wie in New York sich nicht nur an zentralen Kreuzungen die Straßen auftaten, so daß die Autos in ihnen verschwanden auf Nimmerwiedersehen, und wer weiß, wohin sie dann fuhren, wahrscheinlich hinunter, zum Mittelpunkt der Welt, sondern ich sah auch, wie einige der schönsten und virtuosesten Banken unserer Zeit vor aller Augen kollabierten.

Eine der Banken hieß Ginger, und eine andere Bank hieß Fred, und ich sah, wie aus den Fenstern ihrer Unternehmenszentralen Männer in eleganten Anzügen und auch einige Frauen in strengen Kostümen aus seltsam weichen Stoffen flogen, und im Fliegen drehten die Männer und Frauen Pirouetten wie Tänzer, während das Publikum unten auf der Straße begeistert applaudierte, dicht gedrängt auf dem Asphalt, der voller Blasen war.

Das Fernsehen übertrug die Szene in alle Welt, tagelang sah ich sie wieder und wieder, die Fenster, die Tänzer, die teure Kleidung, die Pirouetten, den Applaus. Jump, you fuckers, rief das Publikum immer wieder, und tatsächlich sprangen sie, als hätten sie Flügel, die Frauen mit Namen Ginger und die Männer mit Namen Fred, denn allesamt hießen sie nach ihren Firmen, die ihnen stets die Richtung gewiesen hatten, natürlich mit ganz, ganz lieben Grüßen. Alles, alles hatten die Frauen, die Ginger hießen, und die Männer mit Namen Fred auf diesen Sprung gesetzt, und es hatte sich schließlich gelohnt, endlich wieder eine gute Performance, die beste, die sie seit langem hatten, eine gänzlich unerwartete persönliche Wertentwicklung, dazu die maximale Ausschüttung von Adrenalin, während sie nun schon im steilen Sinkflug waren und die Show kurz vor dem Ende stand. Aber dann ging alles noch einmal von vorne los: Und wieder traten sie an die Fenster, so sprangen und flogen sie tagelang, und tagelang sah ihnen die ganze Welt dabei zu, das Seltsame jedoch war, daß niemand je gesehen hat, wie sie unten aufschlugen.

Aber vielleicht sind sie ja auch gar nicht unten aufgeschlagen. Vielleicht fliegen sie noch immer.

Indessen versagte in diesen Tagen, die ich nach wie vor bei geschlossenen Vorhängen verbrachte, an allen relevanten und weniger relevanten Punkten der Erde den Menschen der Kreislauf.

Und auch sie sanken in sich zusammen, oder sie kippten einfach um, egal, ob sie gerade standen oder saßen, in Berlin, Ulm oder Petuschki, hundertzwanzig Kilometer jenseits von Moskau respektive nicht weit vom Grünten, der über das Allgäu wacht, oder ob sie in Peterborough, New Hampshire, verloren in den östlichsten Provinzen der USA, zwei Autostunden von Boston entfernt und fünf von New York City, eine jener Straßen der untergeordnetsten Kategorie entlanggingen, die ebenfalls Blasen warfen und die ebensowenig nach Moskau führte, wie alle anderen auch: So gerieten unzählige Zeitgenossen in fast die gleiche Bewegung, lauter synchronisierte Körper in einem weltweiten Ballett.

Sie schwankten, sie taumelten, und niemand fing sie auf, und während sie überall fielen, in den Hauptstädten ebenso wie in den Hinterländern, sah ich zu mit tränenden Augen, wie meine drei Schwestern samt Anhang, obwohl das ganze Jahrhundert über sie hinweg marschiert war, und auch ich sie nun bereits abgeschrieben hatte, sich trotz allem noch immer mühsam hielten.

Und sie konnten doch auch nicht so mir nichts, dir nichts aufgeben.

Dort in *ihrer* östlichen Provinz, die ebenso fern von Moskau lag wie auch von St. Petersburg, von New York oder von Boston. Und von Berlin ja ohnehin.

34

*Über die Himmelfahrt Mariens,
endlose Schleifen sowie über einen Dienstag,
den 15. August*

Auf de schwäbsche Eisabahna, dachte ich, gibt's gar viele Haltstaziona, Schtuagert zum Beispiel, Ulm on Biberach, Meckabeura und dann natürlich Durlesbach, rulla, rulla, rulllalah, rulla, rulla, rulllalah, Schtuagert, Ulm on Biberach, Meckabeura, Durlesbach. Und natürlich war dieses Liedchen immer noch da, auch an diesem Dienstag, dem 15. August, dem heißesten Tag des Jahres, der mein Geburtstag war sowie der Tag der Himmelfahrt Mariens, denn wohin sollte dieses Liedchen auch verschwinden, nach Kuba etwa oder auf die

Seychellen?, während die Eisenbahnen um die Welt und durch die Zeiten fahren in endlosen Schleifen.

Und deshalb, dachte ich, müssen auch wir bald wieder los, irgendwohin, nirgendwohin, nach Ulm, nach Moskau oder vielleicht sogar in Richtung Himmel, warum nicht? Und wie in jedem Jahr macht sich auch Maria heute wieder bereit, und mit wehendem Schleier geht sie auf große Fahrt, an diesem ganz normalen Dienstag mitten im August, dorthin, wo unter Garantie endlich alles besser wird, für die Einzelnen und für das Große Ganze, und das Publikum ruft oh und ah, und vor Entzücken kann es sich kaum halten. Aber dann ist die Entschwundene auf einmal zurück auf Erden, und niemand weiß, warum, und an Weihnachten wird sie wieder Mutter, die Mutter aller Hoffnung, und so immer weiter, bis in alle Ewigkeit. Weihnachten am Montag und Himmelfahrt am Dienstag, am Mittwoch, am Donnerstag, am Freitag, und auch wir, dachte ich, können aufbrechen, an jedem Wochentag und wann immer es uns beliebt.

Indessen brennen in der russischen Provinz schon seit einem ganzen Monat die Wälder, und die Birken verglühen zu Staub, und plötzlich ist dann alles Silberglanz und geradezu überirdische Leichtigkeit. Und wenn jemand hustet, dann fliegt das Silber in die Lüfte, weshalb die russische Regierung das Husten verboten hat, denn sonst ist aller Glanz dahin, und die Trümmer und die Landschaften sind nackt und noch schwärzer als der Himmel über Moskau, wo längst niemand mehr atmet.

Aber immerhin gründet irgendeine Natascha im russischen Fernsehen umgehend eine Gesellschaft zur

Hilfe der Brandgeschädigten, das ist doch wirklich nett! Und auch der russische Präsident steigt mit dem Hubschrauber vom Himmel herab und spendet sogleich sein letztes Hemd, weshalb er fortan nur noch mit bloßem Oberkörper vor der Kamera erscheinen wird, und auf *meinem* Bildschirm sieht nun auch er so aus wie Jesus Christus persönlich, denn auf seiner Brust ist Karfreitag, und es tun sich dort lauter schwarze Löcher auf, und vielleicht sehe das nicht nur ich allein, vielleicht sehen das auch alle anderen.

Allerdings werden die Löcher in meinem Gesichtsfeld ohnehin täglich mehr, als hätte jemand auf die Welt geschossen mit Schrot, was mich jedoch nicht einmal besonders stört, schon weil ich gar nicht sagen könnte, ob ich zu wenig sehe oder vielmehr viel zu viel, und auch, weil die Löcher schon immer überall klafften, mit Augenkrankheit oder ohne, und gegen diese elende Weite des Horizonts, die sich trotz allem vor uns auftut, helfen ohnehin keine Schrotflinten und keine Vorderlader, und die versprochenen Fortschritte der Gentechnologie bei der Behandlung ererbter Sehschwächen, die helfen natürlich auch nichts, zumal sie ohnehin nicht eintreten.

Einen Trost, dachte ich, haben wir immerhin sicher, und gleichzeitig auch eine Bedrohung, nämlich die, daß es bald kühler wird, denn morgen beginnt der Herbst, zur regelmäßigen Verwunderung aller. Wie kann das sein, daß am 16. August, am Tag nach meinem Geburtstag und sofort nach der Himmelfahrt Mariens, immer wieder alles zu Ende ist und der ganze Wahnsinn des

Sommers umkippt in Frösteln und in Melancholie? Eine Zumutung ist das, eine Beleidigung des guten Geschmacks und des ehrlichen Gemütes, aber bald wird hoffentlich wenigstens *dieses* Auf und ab ein Ende haben, und wir werden uns um die Hitze und um die Kälte und um die Jahreszeiten nicht mehr kümmern, denn glücklich ist, wer nicht bemerkt, ob Sommer ist oder Winter, und wenn wir erst in Moskau leben oder in Ulm, das hat uns Mascha prophezeit, dann ist uns das Wetter endgültig völlig egal.

In jedem Fall sollten wir uns jedoch beeilen, das sage ich meinen drei Schwestern bereits seit einer ganzen Weile, und ich für meinen Teil muß doch auch noch dieses Stück übersetzen, eine Komödie von Anton Pawlowitsch Tschechow, wenn auch leider nicht mehr für das Theater in Ulm, aber trotzdem hoffe ich, daß ich schnell damit fertig werde, denn einmal mehr ist irgendeine Zeit gekommen, aber bald ist sie wieder vorüber, und dann drehen wir erneut Runde um Runde um Runde, mit wehendem Schleier im Kreis.

Und auch wenn wir längst nicht mehr wissen, was in den letzten hundert Jahren geschehen ist, und schon gar nicht, was wir erlebt haben in den vergangenen zweitausend, so wissen wir leider, wie alles endet, das bilden wir uns jedenfalls ein. Aber womöglich ist es genau umgekehrt, und wir wissen von unserer Vorgeschichte schon viel zu viel und von unseren Aussichten noch immer viel zu wenig, und wir können uns nicht entschließen, ob wir modern und deshalb froh sind, daß wir die Vergangenheit hinter uns gelassen haben, oder ob wir vielmehr nur Überlebende sind und untröstlich darüber, daß uns die Vergangenheit fehlt.

Das Beste, dachte ich, steht uns jedenfalls immer noch bevor, das Schlimmste aber auch, und der Blutsonntag von Sankt Petersburg ist ja nur der Anfang, und dann nimmt das Jahrhundert seinen Lauf, erst dieses und dann das nächste, die Glücksversprechen und die Katastrophen und hin und wieder auch ein kleiner Aufstand: L'insurrection qui vient, qui vient, qui vient, ein Lied im Walzertakt der Schönen blauen Donau, gesungen an der Bahnsteigkante knapp vor Ankunft irgendeiner Revolution. Und erst kommt der Aufstand, und dann kommen die Armeen, und wenn auch die besiegt sind und das Reich, der Staat, die alte Ordnung vergessen sind und vorbei, dann kommen schließlich die Geländewagen, schwarz und mit verspiegelten Scheiben, und in jedem Fall wird geschossen werden, aber ganz sicher nicht nur mit Schrot.

Aber weil auch wir nicht so einfach aufgeben können, treten wir, selbst wenn uns die Kugeln schon um die Ohren fliegen oder vorerst zumindest die fallenden Blätter, trotzdem endlich irgendwo ein, vielleicht sogar in die Sozialdemokratische Partei, und zwar gemeinsam mit weiteren fünfzehn Millionen Deutschen, Hauptsache, wir halten uns fern von der Katholischen Kirche und von Mutter Maria und ihrem wehenden Schal, mit dem sie sich aufmacht wie Isadora Duncan, die in ihrem Cabriolet sitzt bei ihrer Fahrt ins Nichts.

Denn wir, wir bleiben einstweilen vielleicht doch lieber hier auf Erden, obwohl wir natürlich ebenfalls aufbrechen, irgendwohin, nirgendwohin.

Und so, meine lieben drei Schwestern, lieber Webermichel sowie liebe Frau Nachbarin Christ, falls Sie überhaupt noch da sind, nachdem ich auch von Ihnen nun schon lange nichts mehr gehört habe, draußen in unserem Treppenhaus, und so, meine Lieben, ist auch dies ein guter Tag, für irgendwen und sicher auch für irgendwas.

Indessen drehen nicht nur die Eisenbahnen ihre Schleifen, vielmehr bewegt sich auch die Welt selbst, das habe ich wiederum bei Dr. Eliot einmal gelesen, voll Begierde auf ihren metallenen Gleisen der vergangenen und zukünftigen Zeit, und was mich betrifft, so setze ich mich auf meinen Stuhl an meinen Schreibtisch, und an meinem heutigen Geburtstag gibt es wie immer Kuchen sowie selbstverständlich auch Musik, und auch wenn ich nicht weiß, welche Töne nun widerhallen werden und woher, mache ich mich nun von neuem ans Werk.

....

Die Autorin dankt dem Ledig House, New York, sowie der Stiftung Dr. Robert und Lina Thyll-Dürr, Stansstad, Schweiz, für die großzügige Unterstützung der Arbeit an diesem Manuskript.

ÜBERFLÜSSIGE MENSCHEN

ist im März 2012 als dreihundertsiebenundzwanzigster Band der ANDEREN BIBLIOTHEK erschienen. Herausgabe und Lektorat lagen in den Händen von Christian Döring.

GABRIELE RIEDLE

geboren 1958 in Stuttgart, lebt in Berlin. Sie studierte Literaturwissenschaft und veröffentlichte zahlreiche und vielfach ausgezeichnete Reportagen von allen Kontinenten, vor allem aus Krisen- und Konfliktgebieten zwischen Afghanistan und Libyen, Darfur und Tschetschenien. 1998 erschien *Fluss*, ein Roman der gemeinsam mit dem russischen Autor Viktor Jerofejew entstand. 2004 erschien ihr Roman *Versuch über das wüste Leben* in der ANDEREN BIBLIOTHEK (Band 238).

DIESES BUCH

wurde von Greiner & Reichel in Köln aus der Minion gesetzt. Das Memminger MedienCentrum druckte auf 100 g/m² holz- und säurefreies, mattgeglättetes Bücherpapier. Dieses wurde von der Papierfabrik Schleipen ressourcenschonend hergestellt. Den Einband besorgte die Buchbinderei Lachenmaier in Reutlingen. Typografie und Ausstattung gestaltete Cosima Schneider.

1. – 6. Tausend 2012
Dieses Buch trägt die Nummer:

ISBN 978-3-8477-0327-3
AB – Die Andere Bibliothek GmbH & Co. KG
Berlin 2012